# スパイ教室

短編集 01

花嫁ロワイヤル

code name
愛娘

SPY ROOM

# スパイ教室 短編集01

## 花嫁ロワイヤル

竹町

ファンタジア文庫

3068

口絵・本文イラスト　トマリ
銃器設定協力　アサウラ

SPY ROOM
the room is a specialized institution of mission impossible
bride royale

# CONTENTS

# プロローグ　花嫁裁判

事の始まりは、普段の訓練だった。

生物兵器奪還任務より帰還した『灯《ともしび》』の少女たちは、十日間の休暇の後、次なる任務に向けて課題に取り組んでいた。

――いかなる手段を用いてもいいから、クラウスに『降参』と言わせること。

『灯』のボスであるクラウスを負かす、それが彼女たちの訓練である。スパイの実戦に置き換えれば、ターゲットから狙い通りの情報を吐かせるという初歩中の初歩。しかし、「世界最強」を自負するボス相手に、彼女たちは一度も達成できないでいた。

なんとしてでもクラウスをぎゃふんと言わせたい！

それが彼女たちの目標であり、昼夜取り組んでいる訓練であった。

「……しかし、単純な方法ではボスに封殺されてしまいます……相手を搦《から》め捕《と》るような手段が必要となりますね」

そう分析するのは、コードネーム『愛娘《まなむすめ》』ことグレーテ。

赤髪の、ガラス細工のような儚《はかな》さを纏《まと》う、四肢の細い少女である。

「つまり、取るべき手段はひとつ……」

彼女はチームの参謀として冷静な判断を下す。

「――ボスとわたくしとの婚姻届を提出します」

「そこだけ切り取ると、正気とは思えない発言なの」

冷静にツッコミを入れるのはコードネーム『愚人《ぐじん》』ことエルナ。

金髪の、まるで人形のように可憐《かれん》な、小柄な少女である。

「……いえ、エルナさん」グレーテが落ち着いた声で反論する。「これは必要な行為です。戸籍上の妻になれば、病院に健康診断書の再発行も請求できますし、生命保険を申請することも可能。よりボス攻略のバリエーションも増えるでしょう……」

「なるほどなの。さすが、グレーテお姉ちゃん。完璧な計画なの」

「まずはハネムーンを予約します」

「私情を感じるの⁉」

等と会話をしながら二人が訪れたのは、区役所の住民課だった。グレーテは稀《まれ》に見る満面の笑みで、婚姻届（偽造）、委任状（偽造）、身分証（偽造）を提出する。

婚姻届を受け取った女性職員は「はい、おめでとうございます。素晴らしいですねぇ」

と優しい笑顔を見せた。鼻歌を歌いながら、奥の戸棚に向かっていく。

「あれ、おかしいですね……」

だが鼻歌が途中で止《や》んだ。訝《いぶか》しげな表情を浮かべて、グレーテたちの元へ戻ってくる。

女性職員は不思議そうに首を傾《かし》げた。

「このクラウスという男性、既にご成婚されているようですが……」

「んんんんんんんんんんんんんんっ⁉」

グレーテとエルナは同時に目を丸くした。

◇◇◇

——世界は痛みに満ちている。

世界大戦が終結し、各国が軍隊ではなくスパイに重きを置くようになった時代。世界大戦の被害国であるディン共和国もまた諜報《ちょうほう》機関を設立し、各国にスパイを送り込んでいた。

『灯』はそのスパイチームの一つ。自国に拠点を置き、同胞の救援要請に応じて駆けつける機関だ。八人の落ちこぼれの少女と一人のボスで編成されている特殊な集団である。

これは、その『灯』の日々に起きた騒動。

生物兵器奪還任務から『屍《しかばね》』摘発任務の間に起きた珍事である。

◇◇◇

グレーテたちはすぐさま拠点に帰還し、発覚した事実を仲間に報告した。

「先生って既婚者だったんですかぁっ？　意外ですっ！」

リリィが目を丸くさせる。愛らしい外見と豊満なバストが特徴の、銀髪の少女である。コードネームは『花園《はなぞの》』。一応『灯』の少女たちを束ねるリーダーでもある。

陽炎《かげろう》パレスと呼ばれる豪華な洋館の広間で、メンバーは続々と戸惑いの声をあげた。

「い、いや確かにいい年と言えば、いい年だしな」「でも、驚きっすね……」「俺様、兄貴はボッチ野郎だと思っていましたっ」

少女たちの中で、クラウスは孤高というイメージが強い。

かつて所属していた『焔《ほむら》』というチームに執着はあれど、他に親しい人間は皆無である。

恋人や友人の影はない。任務と訓練以外は、油絵の前で座っている印象だ。

「へぇ、まさかクラウスさんが結婚していたなんて」

冷静にコメントするのは、コードネーム『氷刃《ひょうじん》』ことモニカ。

アシンメトリーな髪形以外に、特徴に乏しい中肉中背の蒼銀髪《あおぎんぱつ》の少女である。

戸惑うチームメイトに対し、彼女は不敵な笑みを浮かべた。

「調査に漏れがあったのかな。ま、なんにせよ、やることは一つだね」

モニカが「そうでしょ?」と周囲に視線を投げかける。

他の少女も同意するように頷《うなず》いた。

「はい！　さっそく奥さんを誘拐して、先生を脅迫しましょう」

「違うわ！　先生の不倫を捏造《ねつぞう》する方が先よ」

「俺様、奥さんの実家に爆弾仕掛けてきますっ」

「お前たちには血も涙もないのか」

物騒な提案に割って入ったのは、長身長髪の美しい男性。

テーブルを囲む少女たちのそばで彼は呆《あき》れた表情を浮かべていた。チーム『灯』のボスにして、少女たちの教官、そして、当の話題の本人であるクラウスだ。

「先生っ！　いつの間に!?」とリリィ。

「さっきからいたぞ」とクラウス。

彼は、やれやれ、と言わんばかりに首を横に振る。

「つまらんトラブルを起こす前に伝えておくよ。これは戸籍上のみの結婚だ。任務の都合で結婚しただけで、夫婦生活は存在しない」

「あ、なるほど。いわゆる、偽装結婚ですね」

リリィがポンと手を打った。

他の少女たちも納得がいったように、あぁ、と頷く。

スパイにとって偽装結婚は珍しい話ではない。潜入任務の際、既婚者を演じるのはよくあることだ。社交パーティーなどは、妻の同伴が参加の条件の時もある。

「訓練と言えど、僕の戸籍はあまりイジらないでくれ。話は終わりだ」

そう言い残し、クラウスは少女たちに背を向けた。

疑問が氷解し、少女たちは納得の息をつく。

やはりクラウスは独身なのだ。メンバーの中には無意識に安堵《あんど》する者もいたが――。

「……いえ、まだ疑問があります」

グレーテが鋭い声を出した。

クラウスが足を止める。「なんだ？」

「戸籍の記録を調べました……ボスが入籍したのは、二か月前。『灯』が結成された直後です。そして、その女性は十八歳とかなり若い女性でした」

グレーテがつらつらと情報を並べる。

「ボスが結婚したのは、もしかして――」

「さすがに目敏《めざと》いな」

クラウスが頷く。

「お前の推測通りだ――僕は『灯』の誰かと結婚している」

「「「「「「えええええええっ⁉」」」」」」

「繰り返すが、ただの戸籍上の話だ。本人も隠したいようだし、あまり詮索するな」

「詮索するなって言われましても」

リリィが不満げに唇を尖《とが》らせる。

「元々は、訓練の一環として調べたんですが……」

「その姿勢は素晴らしいが、過度な前のめりは禁物だ。休暇を挟んだとはいえ、任務明けだ。年相応の青春を謳歌《おうか》するのもいい。ここ二か月、そんな時間もなかったはずだ」

クラウスは優しげな表情で説明する。

――繰り返すが、これは生物兵器奪還任務から『屍』摘発任務の間に起きた騒動だ。

――クラウスが実力不足の少女たちを任務に参加させず、一人で挑んでいた時期だ。


クラウスの説明に、リリィは黙り込んだ。

「むぅ……」

腕を組んで、低く唸《うな》る。分かりやすく長考の姿勢をみせた後、リリィは微笑《ほほえ》んだ。

「……まぁ、先生の言う通りですね」

穏やかな表情で仲間に告げる。

「本人も秘密にしたがっているようです。《花嫁》を詮索するのは控えましょうか」

リリィの提案に、他のメンバーたちも微笑んだ。

教官の言いつけを守る教え子たちに、クラウスも「――極上だ」と目を細めた。


クラウスが広間から離れた後、リリィが宣言する。

「さぁ、絶対に《花嫁》を突き止めますよっ！」

「だと思ったわ」

呆れ声を出したのは、コードネーム『夢語《ゆめがたり》』ことティアである。

凹凸に富んだ姿態を有する、優艶《ゆうえん》な色香を持った黒髪の少女だ。

「でも意外ね。グレーテならまだしも、リリィが先生の《花嫁》に興味を持つなんて」

「実は焼却炉からこんなものが」

そう言いながら、リリィが取り出したのは封筒だった。

焼け残った宛名を見るに、上流階級のパーティーの招待状らしい。主催者は、この国では有名な美食家だ。妻の同伴が必須となっている。

どうやらクラウスはここに忍び込み、防諜《ぼうちょう》活動に励んでいたらしい。

つまり――。

「この《花嫁》は先生の任務に付き添い、豪華ディナーを食べているんですっ！」

「さすがの食い意地ね」

ティアは額に手を当てて、息をつく。

「でも、任務に参加できるのは羨ましいかも」

クラウスの付き添いかもしれないが、この《花嫁》も任務に加わっているようだ。

中々任務に連れて行ってもらえないメンバーにとってみれば、貴重な体験に思える。ティアとエルナやモニカが不服そうな素振りを見せた。

恋人役、豪華ディナー、任務――《花嫁》には特典が多いらしい。

「どなたか、自分が《花嫁》と名乗り出ませんかー？　怒ったりしませんよー？」

リリィがメンバーに声をかける。

が、返事をする人物は現れなかった。

互いに疑惑の視線をぶつけ合うのみ。この中にいるのは間違いなさそうなのだが――。

「……む、では仕方ないですね」

すると少女たちは誰かに言われることもなく、広間に置かれている円形テーブルを囲むように席に着いた。椅子を均等に並べて、ぐるりと円を描く。

リリィがテーブルに両肘をつき、手を組む。

「こうなったら、とことん話し合いましょう！　――《花嫁》裁判の開廷ですっ！」

他の少女たちからも異論は上がらなかった。

彼女たちの想《おも》いは一つだ。

――クラウスと結婚した《花嫁》を突き止めたい！

なにせ怪しい。クラウスはあくまで『書類上の結婚』と強調したが、ならば、なぜ《花嫁》は名乗り出ないのか？　そこに仄《ほの》かな恋心があるかもしれない。超気になる！

暫定的に議長となったリリィが、こほん、と咳払《せきばら》いをする。

「とりあえず各々《おのおの》、誰が《花嫁》と思うのか、指で示しましょうか？」

円卓に着く少女たちは一斉に指を突きつける。

その結果に悲鳴をあげたのは――。

「あたし、多くねぇかっ？」三票獲得。獣のように引き締まった体躯《たいく》と、鋭い目つきを持つ白髪の少女。コードネーム『百鬼《ひゃっき》』ことジビア。

「じ、自分っすかっ？」同じく三票獲得。小動物のようなクリクリとした瞳と、癖のある茶髪が特徴的な少女。コードネーム『草原《そうげん》』ことサラ。

一応、リリィとモニカが一票ずつ獲得しているが、既に少女たちの関心は逸《そ》れていた。

すかさずリリィが声を張り上げる。

「拷問官！」

「俺様、素敵な発明品を用意しましたっ」

立ち上がったのはコードネーム『忘我《ぼうが》』ことアネット。乱雑に縛った髪と大きな眼帯をつけ、天使のような笑顔を浮かべる灰桃髪《はいももがみ》の少女である。

アネットは一旦広間から退室すると、大きな車椅子を押して戻ってきた。

「俺様特製の電気椅子ですっ」

「裁判でも何でもねぇじゃねぇか！」真っ当なツッコミを入れるジビア。

確かに裁判ではないし、そもそも《花嫁》は基本的に結婚直後の女性を指す言葉なので、『妻』『配偶者』が適切である。全てはノリで進行する少女たちの悪癖だった。

「ただ、わたくしの記憶では……」

グレーテが冷静にコメントする。

「……婚姻届が提出された時期、お二人ともボスと親密な時間があったように思います。ジビアさんはスリ騒動の際、サラさんは屋敷《やしき》修繕バトルの前後あたりに……」

「うっ……」「それは、そうっすけど……」鋭い指摘に、たじろぐジビアとサラ。

他の少女たちが「説明しろ！　説明しろ！」と野次を飛ばした。

リリィが再び声を張り上げる。

「拷問官っ！」

「俺様、大サービスの電圧二倍で行きますっ」

「分かったよ！　話せばいいんだろ、話せば！」「自分も勘弁してほしいっす！」

ヤケクソ気味に弁明を開始するジビアとサラ。

そして、彼女たちは各々のエピソードを語り始めていく。

かくして、クラウスの《花嫁》を巡る、少女たちの議論が始まった――。

# 1章　case ジビア

「やっぱり深夜に襲撃すべきだろ？　寝静まったところを狙おうぜ」

「それは二度も失敗してるじゃん。ボクは、正攻法は諦めるべきだと思うけどね。クラウスさん、酒とか飲まないの？　毒は入れられない？」

「俺様、恋人を誘拐してもいいと思いますっ！」

「他の人を巻き込むのは気が進みませんね……実際に誘拐せず脅迫するのはどうでしょう？　『この髪飾りに見覚えはないですか？』と勘違いを促して」

「そもそも先生に恋人はいるのかしら？　いや、作らせればいいわね」

物騒なギャングの集会ではない。スパイ少女たちの訓練である。

洋館の大広間でテーブルを囲み、八人の少女たちが言葉をぶつけ合っている。彼女たちは洋館の間取り図を指差し、ターゲットに襲い掛かる計画を練り上げていた。

ターゲットは一人の男――クラウス。

『灯《ともしび》』のボス。少女たちをまとめる素性不明の男だ。

なぜ少女たちが、自らのボスを襲う算段をしているのか？　これには理由がある。

本来、『灯』結成時は、クラウスが指導を行う予定だった。しかし、あるやんごとなき理由で頓挫。代替案として生まれたのが、この訓練方法だ。

――いかなる手段を用いてもいいから、クラウスに『降参』と言わせること。

毒を盛ってもいい、ギャンブルで破産させてもいい。色仕掛《いろじか》けで破滅させてもいい。スパイの実戦と同じだ。ありとあらゆる手段が、ここでは肯定される。

クラウスの打倒――それこそが彼女たちの課題である。

「うーん、今回はシンプルな突撃が良さそうですね」

意見をまとめるのは少女たちのリーダー、リリィ。

彼女は朗らかな笑みをメンバーに向けて、軽く首を傾《かし》げた。

「でも、まずは呼び出すとして……どう先生に声をかければ？」

「色仕掛けはどうだ？」そこで、白髪の少女が提案する。「『先生の大きな手でマッサージしてください……』って媚《こ》びろ。胸でも揉《も》まれてこい」

「嫌ですよっ？」リリィが顔を真っ赤にさせる。

「ここで使わないなら、なんで大きくしたんだよ」

「自然ですっ‼」

「色仕掛けが無理なら、やっぱり嘘《うそ》か。『用があるので部屋に来てください』とか」

「あぁ、それならまぁ……」

色仕掛けよりはマシですね、とリリィは腕組みをする。

低く唸ったあと、彼女はまばたきをした。

「うーん、でも成功しますかね？　先生、どんな演技でも見抜いてきますからね」

「大丈夫、大丈夫。このポーチを持って行けよ」

策を提案した白髪の少女が、テーブルに置かれたポーチを投げつける。留め金の部分が壊れている。小道具に使えそうだ。

その後、作戦はまとまった。

リリィがターゲットを呼び出して、他の少女たち全員で襲い掛かる。

シンプルかつスタンダードな計画だ。

ターゲットであるクラウスは物置部屋にいた。洋館一階の隅にある小さな部屋だ。どうやら任務に使う道具を整理しているらしい。またとないチャンスである。

少女たちは武器を携えて、廊下に隠れる。長い廊下には潜む空間が山ほどある。柱、暖炉、キャビネットの裏と場所を見つけ、ターゲットが出てくる瞬間を待った。

緊張した空気の中、リリィはポーチを握りしめて、物置部屋に向かった。

「先生！　お願いですっ！　ポーチが壊れちゃって、わたしの部屋で直して――」

　リリィの言葉はそこで途切れた。

　室内から破裂音。風船が弾《はじ》けるような音がし、扉の隙間から赤い粉末が飛んで、

「ポーチが爆発して、唐辛子があああぁっ！」

　とリリィの絶叫が響いた。

「「「「…………」」」」

　他の少女が一斉に視線を向ける。ポーチを準備した白髪の少女へ。

「あたし、思いついたんだよ」

　彼女は誇らしげな顔で各メンバーにゴーグルを投げ渡した。

　鋭い目つきと荒々しく切られた短い白髪の少女。無駄な贅肉《ぜいにく》なんて一つもない引き締まった体躯を持ち、威圧的な瞳が特徴的だった。その凜然《りんぜん》とした佇《たたず》まいは、まるで草原を駆ける美しい獣を思わせる。

　名は――ジビア。コードネームは『百鬼《ひゃっき》』。今回の計画の立案者だ。

　彼女は頷《うなず》きながら、今回の真の計画を明かす。

「ターゲットがどんな演技も見抜くっつぅなら、何も知らない奴《やつ》を突撃させればいいんだ――名付けて、仲間ごと爆破作戦！」

「「「「うわぁ……」」」」

他の少女のドン引きを、なんてことないように無視して。

ジビアはスッとゴーグルを目につけた。

「さぁ、リリィの殉職を無駄にすんな！　ターゲットの目が利《き》かないうちに拘束しろ！」

高らかな号令に続いて、他の少女たちはクラウスの元に駆けて行く。

「生まれた犠牲は仕方ないわね」「安心して逝《い》ってね」「俺様、リリィの姉貴との思い出を忘れませんっ」「いや、リリィ先輩、死んでないっすよっ？」

戸惑っていた少女たちも気を改め、部屋に突入していく。

なんでもありの騙《だま》し合い――。

それこそが彼女たちの訓練であった。

◇◇◇

――これは、『灯』の結成直後で、「僕を倒せ」という課題を出された四日後の出来事。

最初、楽に達成できるだろうと舐《な》めてかかっていた少女たちだったが、次第に難易度の高さを認識し始めていた。クラウスは「世界最強」という自称に偽りない実力を有してい

!!!!
BOM

た。彼の強さはもはや疑う余地はない。

一方で、凄《すさ》まじい実力差に少女たちが気後れを感じ始めた頃でもある。

生まれるのは、訓練への懐疑。喪失するのは、辛《かろ》うじて保っていた自信。

少女たちの中には、いまだクラウスを信じきれない者もいる——そんな時期だった。

◇◇◇

襲撃から十分後——。

「……まさか唐辛子爆弾が避《よ》けられていたとはな」

「うーらめしやあああぁっ！」

再び大広間に戻り、少女たちは反省会を開いていた。

結論から言えば、惨敗《ざんぱい》。

何も知らないリリィが持っていたポーチが爆発し、特製の催涙パウダーが部屋に充満。リリィ共々ターゲットの視力を奪う——はずだったが、ターゲットはいち早く反応したらしく、窓から脱出していた。ゴーグルをつけた少女たちが部屋に突入すると、同じくゴーグルをつけて戻ってきたターゲットと対面し、瞬《また》く間に返り討ち。

結果、リリィの犠牲が無駄となった。

彼女は涙と鼻水で汚れ切った顔で、ジビアに詰め寄っていた。

「鬼っ！　人でなしっ！　仲間を爆弾に変えて、良心は痛まないんですかあぁ！」

「いや、もちろん申し訳ないとは思ってるけどさ」

ジビアは、リリィを押しとどめながら答える。

「でも実際、それが最善だったろ？　アイツに生半可な演技は通じねぇ。もしお前に爆弾の存在を教えていたら、もっと簡単に見抜かれていたんだぜ？」

「そ、それは否定できませんけど……」

「無知な人間を操るってのは実戦じゃあり得るしな」

卑怯《ひきょう》などない。それがスパイだ。

戒律も騎士道も存在しない。色仕掛け、暗殺、変装、脅迫、誘拐、潜入、通信傍受。ありとあらゆる手段を用いて、ミッションを成功させるのが彼女たちの正義だ。

ある意味では、この訓練は限りなく実戦に近い。

「もっと演出に気を遣うべきだったなぁ」

ジビアは天井を見上げて、ぶつぶつと呟《つぶや》き出す。

「意外性が必要だな。河原で殴り合ったリリィとターゲットが和解の握手をした瞬間に爆発……リリィが告白して二人がキスを交わす瞬間に爆発……迷子の仔犬《こいぬ》をリリィが真冬に一晩捜し続けて、ターゲットがその肩を温めようと抱きしめた瞬間に爆発……」

「なぜ犠牲者が毎度わたしっ？」

「そう怒るな。お詫《わ》びに、今晩の食事当番は代わってやるよ」

「……わたしの分は大盛りでお願いしますよ？」

「唐辛子が余ってる」

「本当に詫びる気ありますかぁっ？」

ジビアとリリィから始まった口論は、やがて少女たち全体に広まっていった。反省点を見つけ、次なる襲撃に向けた計画を練っていく。

――提案、計画、精査、行動、失敗、反省、リトライ。

それらを繰り返し、少女たちはレベルアップを目指す。

そして盛り上がる少女たちは、ジビアが悔しそうに漏らした「実際、良い案だと思ったんだけどな……」という呟きを聞き取れなかった。

◇◇◇

一日の終わり、ジビアは自室に戻ると、ベッドに大の字になった。

身体《からだ》から力を抜いて、ぼんやりと天井を見上げる。

「今日も疲れた……」

少女たちには一人ずつの寝室が割り当てられていた。巨大な洋館には有り余るほど部屋があり、そこで彼女たちは集団生活を送っている。

ふかふかのベッドは身体がよく沈み、気を抜くとすぐに熟睡しそうになる。

改めて豪華な暮らしぶりを意識するが、この生活が何を条件に得ているのかもまた意識し、頭が重くなる。

仲間を犠牲にしての襲撃――ジビアがこんな過激な手法を選んだ理由は一つだ。

――不可能任務。

『灯』が挑む任務の通称だ。

洋館での暮らしと引き換えに待ち受ける運命。

――成功率一割未満、死亡率九割の超難度任務。

その詳細はいまだ教えられていないが、この任務のために、彼女たちは寸暇《すんか》を惜しんで訓練に励んでいる。日夜問わず闘い続けている。

なのに、現状は失敗続き。少女たち全員でもスパイ一人さえ倒せない。

ゆえに焦《あせ》る。期限は四週間を切っているにも拘《かかわ》らず、成長している気がしない。

「あれが、一流のスパイのレベルか……」

訓練の中では、ある現実を何度も突きつけられていた。

——ターゲットであるクラウスが化け物じみている。

運動能力、機転、直感、全てが圧倒的だ。

少女全員がナイフで飛び掛かっても返り討ちにし、張り巡らせたブービートラップは看破し、少女の一人が艶《なま》めかしい姿態で誘惑しても動じない。

クラウスが特別な存在であることは間違いない。

しかし、任務の先でクラウスと同等の敵がいたらどうなるか——破滅だ。

迫りくる運命に寒気を抱くと、ベッド脇の写真立てに手が伸びていた。

変哲のない海の写真——の裏に、彼女が本当に見たい写真があった。写真立てを分解し、その一枚を取り出すと、心がふっと温かくなる。

独り言を溢《こぼ》していた。

「お姉ちゃん、頑張るからな……」

誰にも聞かれるはずのない決意。

しかし、それに背後から返事があった。

「えっ！　ジビアちゃん。姉属性だったんですかっ？」

「はぁっ？」

勢いよくベッドから飛び上がって、声の主に視線を飛ばす。

扉を開けたままの姿勢で、リリィが固まっていた。

「あ、すみません。ノックしても返事がなかったので」

言い訳をするように、彼女が呟いた。

「あー、完全に気ぃ抜いてた」

油断しすぎていた。見られて困るものではないが、いかんせん照れ臭い。

ジビアはもう一度、ベッドに倒れ込んだ。

リリィは扉を閉めると、ベッドに駆け寄って、その写真に触れた。

それは、白い建物を背にジビアを含めた三人の子供が笑い合っている写真だ。

「弟さんと妹さん、ですか……？」

「そうだよ」ジビアはベッドに倒れたまま肯定した。「孤児院の頃の写真」

リリィは、へー、と呑気《のんき》な声をあげながら、写真を見ている。口元が緩んでいる。きっと自分に比べて、可愛《かわい》い弟妹《きょうだい》と思っているのだろう。

「随分と昔の写真ですねー。ジビアちゃんがちっこい」

「………最近はあまり帰ってないからなぁ」

「弟さんたちは、お姉ちゃんがスパイって知っているんですか？」

「いいや。去る時は、田舎町の探偵事務所に就職するって説明した」

基本的に、スパイは家族にも身分は明かせない。もし情報が漏れた場合、思わぬ危険が降りかかる場合がある。

それが掟《おきて》ですもんね、とリリィも寂しげな声で言った。

「うん。でも、アイツらも薄々気づいていたと思うよ。別れる時に約束したんだ。あたしが大金持ちになって、いつかみんなで幸福に暮らそうって」

「おー、良い話」

「ま、空回りしてばかりだけどな」

養成学校時代は意気込みすぎて周囲に厳しく当たりすぎた。試験では連携不足のため成績も悪く、おまけに問題も起こし、気づけば退学寸前に追い込まれていた。

強くなりたいモチベーションはある。その分——失敗が辛《つら》い。

「正直、不安しかねぇよ」

つい情けない声を漏らしていた。

「今のままじゃ全然ダメだ。けど、どうしたらいいのか分かんねぇ。強くなっている気がしない。こんな訓練に意味があんのか？　あの男を本当に信じていいのかも、まだ……」

そこで、自分が喋《しゃべ》りすぎていることを悟った。

隣を見ると、リリィが目を潤ませている。目元をハンカチで拭っている。

「ジビアちゃん、良い子です……」

「な、なんだよ……？」

「わたし、ジビアちゃんのことを誤解していました。ごめんなさい。今まで野蛮でがさつなオランウータンと思っていました」

「今すぐ悔い改めろ」

「心優しいオランウータンだったんですね」

「改めて欲しいのは、そっちじゃねぇよ！」

怒鳴りつけるが、リリィはあくまでマイペースだった。

「大丈夫——強くなっていますよ、わたしたちはっ！」

にこやかにジビアの手を握ってくる。目が輝いていた。

「あんな強い先生とぶつかり合って、成長しない訳がありません。これからも伸びていくんです。わたしたちは不可能任務を達成し、たくさんのお給料をもらうんですよ！」

「お、おう……」

あまりに前向きな言葉に、気圧《けお》されるジビア。

「まずは手始めに、さくっと先生を倒しちゃいましょう」

リリィはジビアの手を離すと、その大きな胸を張った。

「ふっふっふっ、そのための作戦は、この素晴らしきリーダー、リリィちゃんが用意しておきました！　なんと、お弁当付きで！」

「弁当？」

「応援のためです。なんといっても、今回の主役はジビアちゃんですから！」

最初からそれを言い渡す気だったらしい。

やけに自信のある語り口で、彼女は次の襲撃計画を発表した。


翌日の朝、ジビアはそっと陽炎《かげろう》パレスを抜け出した。

この洋館があるのは、ディン共和国という小国の港町だ。海外の玄関口となっており、国内では三番目に栄えている土地である。輸入品を扱う貿易商が集まっているだけでなく、港湾労働目当ての移住者も多く、貧富混ざり合う雑多な街を形成している。

少女たちは、宗教学校の生徒という偽《にせ》の身分で暮らしている。

ジビアは垢《あか》ぬけた女子生徒を装《よそお》い、休日で賑《にぎ》わう街角を歩く。

『アネットちゃんが通信の傍受を成功させました』

作戦はリリィが説明してくれた。

『先生は明日、街で機密文書を受け取るそうです。その文書が入った封筒を盗んでしまえば、困り果てた先生は「降参」って言うはずです。闘わないで勝利できますね』

なるほど。良いアイデアだった。

機密性の高い情報の受け渡しは、手渡しが基本だ。

たとえ自国であろうと、敵国のスパイがどこに潜んでいるか分からない。郵便や通信を使えば、漏洩《ろうえい》の恐れがある。クラウスは街のどこかで直接、情報を受け取るはずだ。

もしその機密文書を盗めたならば――。

ジビアの視界には、スーツを纏《まと》ったクラウスの背中がある。普段放っている威圧感は嘘《うそ》のように消えて、道を行く背中はどこにでもいる青年のそれだった。

クラウスは不自然な挙動なくペンキ屋に入店した。

すると、店の主人が奥からペンキ缶を一つ運んできた。

（ペンキの容量に比べて、主人の足取りが軽い……）

素人《しろうと》なのだろう。自国に潜む協力者なら、その程度か。

ペンキ缶の中身が別物であることは明らかだ。

(つまり、アレが機密文書……)

クラウスは代金を支払うと、すぐにペンキ缶をカバンにしまった。

さすが徹底している。機密文書を盗む方法は、カバンごと盗むのが手っ取り早そうだ。

クラウスは大通りに行き、淀《よど》みない足取りで進んでいく。時折交通量の多い道路をするりと渡る。車の間をすり抜ける。

後を追うだけでも一苦労だ。

ジビアは懸命に尾行を続け、仕掛けるタイミングを計っていた。

もし彼が帰宅すれば、すぐにでもペンキ缶を開けて中身を確認し、破棄するだろう。ジビアたちがクラウスの機密文書を奪うには外出中しかない。

そのチャンスは、街中央の公園で訪れた。

「あのぉ、ジュースは要りませんか?」

そう女の子に声をかけられた。自分が——ではない。クラウスが、だ。

ラッキー、とジビアは拳を握る。

クラウスはまっすぐ帰宅しなかった。

街中央の大きな広場に立ち寄ると、おもむろに芝生に腰をおろした。そしてカバンから包み紙に入ったパンを取り出した。芝生でくつろぎながら優雅に昼食を摂《と》る気らしい。

多忙な彼にしては珍しい休憩だ。隠れた趣味なのだろうか。

そんな時、彼は小さな女の子に声をかけられた。

「新鮮な、オレンジの、ジュースです」

舌足らずな声だった。

八歳程度の女の子が顔を赤くして、クラウスに声をかけている。薄汚れた浅黄色のドレスを纏った子供だ。貧困層だとすぐ見て取れる。

ジビアは近くの木陰に隠れて、その会話に耳を立てた。

「………」

クラウスの声は聞きとれなかったが、同意したらしい。カバンから財布を取り出して、小銭を差し出す。財布はすぐにカバンに戻した。

女の子はパッと花が咲いたような無邪気な笑みを見せた。それからポケットから清潔ではないだろうグラスを取り出すと、抱えていた水筒からジュースを注いだ。

「あっ」

嫌な声がした。

女の子がジュースを溢《こぼ》してしまったらしい。クラウスの足にかかっている。

「ご、ごめんなさい……」

女の子が泣きそうな顔でクラウスの足元にしゃがみ込む。

「………」

クラウスの注意は、ジュースをかけた女の子に向いているようだ。背後に置いたカバンの存在を忘れているように見える。

これ以上ない機会だ。まさに千載一遇。盗むなら今しかない。

ジビアは木陰から抜け出すと、気配を消して、彼らの背後に音もなく近づき、そっとクラウスのカバンに手を伸ばして――。

「えっ」「は？」

手と手がぶつかった。

ジビアの手と、ジュース売りの女の子の手が衝突する。

時が止まったように感じられた。

ジビアは固まって、彼女と目を合わせる。

「おまえ――」

ジビアが口を開いた時――誰かに額を弾《はじ》かれた。

指先で軽く押された程度だったが、魔法のようにバランスが崩れ、尻もちをつく。

もちろん、それが誰の仕業かなんて疑問に思うまでもない。

「――極上だ」

低く、心を強く揺らすような声がした。

美しい男だった。

細く長い体格を見なければ、女性とも見間違えそうになる。肩まで伸び切った長髪が、その麗《うるわ》しい顔を隠している。『灯』のボス――クラウスだ。

「見事な手際《てぎわ》だな」

彼は満足げな表情で、ジビアを見下ろしていた。

「尾行はつかず離れずの距離を取り続けていた。失敗に終わったものの、窃盗の動きも素晴らしいな。完全に気配が消え、音もない。惚《ほ》れ惚《ぼ》れするよ」

淡々と語る彼は芝生にへたり込むジビアに手を差し出してくる。

ジビアは息をつき、その手を握って起き上がった。

「……褒めるってことは、ずっと尾行に気づいていたってことじゃねぇか」

「陽炎パレスを出た時点でな」

「最初からじゃねぇかっ！」

結局、全て見抜かれていたらしい。これで褒められても嫌味にしか感じられなかった。

クラウスは腕を組み、目を瞑《つぶ》った。

「そうだな、ここは一つ、尾行のコツを伝授しようか」

「いや、いい」

「飛び交う蝶《ちょう》を慈《いつく》しむように、だ」

「アンタの指導はピンとこねぇんだよ！」

「ふっ。足先を良い按配《あんばい》に、と言い換えても？」

「どこに理解の可能性を見出《みいだ》したんだよ……」

これだ――自分たちがまともな訓練ができない理由。

クラウスの圧倒的指導力不足――。

彼は超優秀なスパイだ。その実力は未知数な部分が多いが、「世界最強」を自称し、それに恥じない実力を持っている。しかし、それゆえに問題もある。

常人と感覚が違いすぎるのだ。

人がシャツの着方や、ボタンのつけ方を口頭で伝えることが難しいように、彼はスパイの技術を教えられない。

説明を試みても『なんとなく』や『いい具合に』と大雑把な解説になってしまう。

その結果『灯』は実戦的な訓練を行うようになったのだ。

「とにかく狙いは悪くない。後は針で突くようなスピードだ」

まとめるように、クラウスは口にした。

「そんな雑なアドバイスをもらってもな……」

ジビアは呆《あき》れるしかなかった。舌打ちしたい気持ちをぐっと堪《こら》える。

（本当にコイツの下で強くなれんのかよ……？）

計画はもう失敗だろう。

今回も完敗だ。ターゲットにここまで気づかれて、機密文書を盗むことは難しい。

（成長している実感が一ミリもねぇ）

リリィが『自分たちは強くなっている』と言ってくれたが、気休めだろう。無限に続きそうな返り討ちのループで、自分が向上しているとは思えなかった。

身を焼くような焦燥感は、増すばかりだ。

だが今気になるのは――。

（それより、このジュース売りのガキ……）

ジビアは、キョトンとしている女の子に視線を下ろした。

伏し目がちな女の子だ。身体《からだ》の線が細く、息を吹きかけるだけで倒れそうな危うさを感じさせる。二人の会話がまったく理解できないらしく、呆然《ぼうぜん》としている。

「おい、お前もしかして……」

「ひゃ、ひゃい!」女の子は頓狂な声をあげる。

えらく緊張している。ドレスの裾をぎゅっと握りしめている。

「いや、そんな怯《おび》えなくてもいいから……」

イジメている気分になってきた。頭でも撫《な》でてやろうと手を伸ばす。

「ひっ」

すると女の子は悲鳴をあげ、その手から逃れるようにクラウスに飛びついた。

ぐしゅっと何かが潰れる音がした。逃げた拍子に。女の子がクラウスのパンを踏んづけていた。あ、と掠《かす》れた声が聞こえる。

直後、彼女の目から涙が溢《あふ》れ出した。

「お、おい……」

慌てるジビアを意に介さず、女の子が泣き始めた。その場でしゃがみ込み、ぐずぐずと声をあげる。

隣に立つクラウスが冷たい目を向けてきた。

「泣かせたな」

「えっ、あたしが悪いのかっ⁉」

「安心しろ。お前の行為は優しい。それ以上に顔が恐《こわ》いだけだ」

「……フォローと見せかけて、大分傷つくこと言ってんぞ」

クラウスは小さく頷《うなず》くと、その場で片膝をついた。それから普段の機械じみた感情のない声とはかけ離れた、とても優しげな声で、

「小さなお嬢さん、ネコは好きか？」

と語り掛ける。

女の子がすぐに顔を上げる。

そんな優しい声も出せるのかよ、とジビアは意外に感じた。

クラウスは片膝をついたまま、女の子のドレスの裾に触れた。よく見ると、ほつれがある。相当着古されたのだろう。クラウスの手には、針と糸が握られていた。

女の子は興味津々《きょうみしんしん》といった様子で、クラウスの指先を見つめる。

そこからは早業だった。クラウスは凄《すさ》まじい速度でドレスのほつれを縫い上げていく。動きは淀みない。あっという間に、ドレスの裾に可愛《かわい》らしいネコの刺繍《ししゅう》が出来上がった。

「わー」と女の子は見る見るうちに笑顔になる。

女の子は新たなワンポイントが加わったドレスを引っ張って、楽しそうに歯を見せている。涙は止まっていた。

ジビアはその技術に感嘆し、尋ねていた。

「どっから針を持ち出したんだ？」

「袖に隠して持っている。糸はハンカチを解《ほど》いた」

彼は背広の袖口をジビアに向けた。長短複数の針が見え隠れしていた。

ちなみにクラウスは、行動そのものは教えられる。

「刺繍のコツは、この世のすべてを慈しむように、だ」

そして、行動の具体性や方法は教えられない。

優秀なのかポンコツなのか、たまに分からなくなるのが、この男だ。

「あんがとな……」

とにかくお礼を伝える。自分一人では、泣きじゃくる子供に手を焼いていた。

ジビアは改めて、女の子に視線を向けた。笑うと、欠けた乳歯を見せるところが愛らしい。その姿はジビアの記憶を優しく刺激する。

「あたしは、この子を家に送り届けるよ」

「律儀《りちぎ》だな」

「……コイツ、妹に似ているから」

「ん、聞き取れなかった」

「いや、なんでもない。子供は放置できねぇ。それだけだ」

するとクラウスは女の子にすっと視線を注いだ。静謐《せいひつ》を湛《たた》える瞳。表情が乏しいので、何を考えているかは不明だ。

「……そうだな。僕も付き合おう」

やがて何かを納得するように、彼は頷いた。

意外な提案だったが、ジビアが尋ねる前に、クラウスは女の子に優しく話しかけ始めた。

ジュース売りの女の子の名前は、フィーネといった。

話してみれば、どこにでもいる快活な少女だった。最初はジビアに怯える様子だったが、冗談を交えて語り掛けるうちに次第に笑顔を見せ始めた。最終的に、クラウスとジビアの手を取って、喜色満面で大通りを歩いていく。

特に、ジビアには心を許してくれたようで、何度も何度も質問をぶつけてくる。ジビアはそれをうまくいなしつつ、彼女の目を見て穏やかに微笑《ほほえ》んでみせた。

「なんだ」クラウスが感心したように声をあげた。「僕がでしゃばる必要もなかったな。すぐ仲良くなっているじゃないか」

「ガキの頃からの習慣だよ」

かつては弟と妹の面倒を見るのが常だった。年下の接し方は理解している。

「なんなら、もう帰っていいぞ？　あたしが責任もって送り届けるからよ」

「いや、最後まで付き合うさ」

「そ、そうか……」

ただ、気まずい。

現在クラウス、フィーネ、ジビアの順で手を繋《つな》ぎ合っているのだが、それが少し引っ掛かる。ただでさえ、ジビアはいまだクラウスと打ち解けられていないのだが、それ以上に気になる要素があるのだ。

（なんか夫婦みたいだよな……）

公園では、こんな三人親子を山ほど見た気がする。フィーネを挟むようにして歩く二人は、もしかしたら、周囲からは夫婦と見られているのだろうか。

クラウスがフィーネの頭越しに語り掛けてくる。

「むしろ夫婦と見られるなら幸いだろう。目立たなくて済む」

戸惑いを見抜かれていたらしい。

「そういうもんかね」ジビアは疑いの視線を飛ばした。

「僕のことはダーリンと呼べ、マイハニー」

「いや、そんな違和感バリバリな呼び名を強制されても……」

「これも訓練だ」

「……っ」

そう告げられると、反論しがたい。確かにスパイならば、時として夫婦に偽装する必要もあるだろう。

顔が熱くなるのを堪え、震える唇で呟《つぶや》いた。

「……ダ、ダーリ――」

「本気に捉えるな」

「お前は絶対許さねぇからなっ！」

顔を紅潮させながらジビアが吠《ほ》える。

冷静に振り返れば、彼女の服装は潜伏用の宗教学校の制服だ。さすがに夫婦と間違えられることはなかった。

（本当になんでこんな奴《やつ》がボスなんだよ……）

ジビアが不満を込めて睨《にら》みつけていると、フィーネがけらけらと笑った。内容を理解できるはずもないが、ケンカする様が愉快に見えたらしい。

「お姉ちゃんたちは、仲が悪いのー？」

「悪い」

即答する。

「あたしは毎日殴りかかっているし、コイツは容赦なく返り討ちにしやがる」

「容赦はしているさ。最近は、片手しか使っていないだろう？」

「それが一層腹立つんだよ……」

再びジビアはクラウスを睨みつける。

すると、フィーネはジビアを握る手にぐっと力を込め、顔をほころばせた。

「わたしの家といっしょだぁ」

「あ？」

「パパもよく言うもん。怒っちゃうのは相手を愛しているからって」

「いや、そんなハートフルなもんとは違うけどな」

愛するも何もコイツのことよく知らねぇもん、と取り繕う。

「でもお姉ちゃんの手、なんだか熱いよ？」

「………っ」

言葉に詰まってしまった。

別にクラウスへの愛を認めたのではなく、単に、愛だ何だという話が恥ずかしかっただけだが、顔が熱くなっていく。

「あー、もう生意気なガキだなぁ！」

ジビアはおどけたように笑うとフィーネから手を離し、彼女の髪をわしゃわしゃとかき乱した。フィーネはばたばた暴れながら「ひゃー、くすぐったい」と歓声をあげる。

「で、お前の家はどこなんだ？　ジュース溢《こぼ》しちゃったこと、お姉ちゃんたちが一緒に謝ってやるから、さっさと場所を教えなさーい」

「もうすぐだよー」

フィーネはジビアの手から逃れると、大通りを一本曲がり、路地を曲がっていった。ジビアたちも彼女の背中を追いかける。

フィーネは思わぬ場所で立ち止まった。

路地の行き止まり。

辺りには、家らしき玄関は見当たらない。

「白髪のお姉ちゃん、刺繍のお兄さん」

彼女は囁《ささや》いた。

「――ごめんなさい」

その時、物陰で何かが蠢《うごめ》いた。

「あ？」

間抜けな声をあげてしまう。

巨漢が立っていた。二メートル近い巨体に分厚い筋肉が張り付いている。デカい。縦だけでなく横にも。まるで壁のような大男だ。

反応しようとした時、クラウスの手が軽く腕に触れた。

男が岩のような拳を振るい、ジビアたちは壁に叩《たた》きつけられる――。


麻袋を被《かぶ》せられ、視界を覆われた。どこかに運ばれる。

身体《からだ》の後ろで両手に手錠をかけられ、車に乗せられた。殴られた頭はくらくらしていたが、寝転がっていると落ち着いた。麻袋を通して入り込んでくる匂いで、海から遠ざかっていると推測する。

車から降ろされると、太陽の光が消えた。屋内に入ったようだ。壁に背中を押しあてられる。そのまま足を蹴られて、強制的に座らされる。

「ここで待ってろ」

野太い男の声が聞こえた。さきほどジビアたちを殴った相手だろう。その後で、足音が遠ざかっていった。

大男の気配が消えると、ジビアは足を用いて麻袋を取った。

ボロボロな木造住宅だった。壁紙や漆喰《しっくい》でコーティングされる都市の建物と違って、壁は材木が剝《む》き出しになっている。ジビアたちがいるのは一階のようだが、二階まで吹き抜けとなっており、家屋全体が見渡せた。あちこちにハンモックのような布がぶら下がり、布特有のかび臭さが鼻腔《びこう》を刺激する。

（手錠は、柱に固定されているか……）

手首を動かしてみるが、がちゃがちゃと金属音が鳴るだけで、拘束は解けない。

現在の状況を確認し終えると、ジビアは隣にいるクラウスに声をかけた。

「ここはどこだ？」

「貧民街の奥だろうな」

「なにもんだよ、あのゴーレム男は。フィーネの知り合いか？」

クラウスに動揺している様子はない。淡々と説明を始める。

「港町だからな。昔から旅行客や商人が行き交う土地でもある。そういった街は例に漏れず、治安が荒れやすい。特に最悪なのは、女漁りをする男だ。男は性行為をやるだけやったあと、故郷に帰る。女は子を産むが育てきれず、捨てることになる」

クラウスは、顎で二階部分をしゃくった。

「そして、身寄りのない子供は貧民街で犯罪集団に拾われるしかない」

「……っ」

ジビアは唾を呑《の》み込んだ。

無数の目があった。

二階からこちらを窺《うかが》うようにして覗《のぞ》き込む子供たちがいた。その数はざっと見て二十人近く。ハンモックは彼らの寝床だったのだ。その布に身体を隠しながら、不安げな瞳でジビアたちを観察し続ける。

皆、フィーネと同じだ。身体が細く、ボロボロの衣装を身に纏《まと》っている。

「………………」

無意識に。

ジビアは歯を食いしばっていた。燃え上がるように身体が熱くなっていく。

「随分とこっちの事情に詳しそうじゃねぇか」

その時、ゴーレム男が戻ってきた。

正面から改めて見ると、本当にそびえ立つ壁のように思える。全身を筋肉で武装したような男だ。服を押し上げる二の腕の太さは、ジビアの太腿《ふともも》と同サイズ。怪しく黒光りする革ジャケットを羽織って、余裕をもって歩み寄って来る。

「ただの噂《うわさ》好きの一般人だ」クラウスがすまし顔で答える。

ゴーレム男は頷《うなず》いた。

「だろうな。銃を持ってねぇ。私服警官じゃない。ただの物好きか？」

最初から武器は持ち歩いていない。街に溶け込む上で余計な物は洋館に置いてきた。それはクラウスも同じらしい。

「……最近、出没しているスリ集団の代表はお前か？」

クラウスが問いかけると、ゴーレム男が目を細める。

「やっぱり何かの探偵か？」

「何度も言うが、一般人だ。ただ、子供に金目の物を盗ませ、それを売り捌《さば》いて生活するクズがいるという噂を耳に入れたことがあってな」

「おいおい、人聞き悪いこと言うな」

ゴーレム男が心外と言わんばかりに肩を竦《すく》めた。

「俺は行き場のねぇガキを養っているだけさ。アイツらは親がいない。俺は仕事を教えて、衣食住を与えている。福祉事業みたいなもんさ」

「本当にそう思っているのか？」

「あぁ。俺はそこらの悪人とは違う。お前らがフィーネのスリを黙っていてくれると約束すれば、すぐにでも解放してやる」

口封じ——そのためにジビアたちを攫《さら》ったらしい。

フィーネはスリ師だったのだ。ジュース売りのフリをして近づき、クラウスのカバンから財布を掠《かす》め取る気だった。それがジビアたちにバレたと悟り、男とアイコンタクトを取り、路地裏で襲うことにした——そんなところか。

「…………」

自分たちは騙《だま》されていた。

ゴーレム男の提案通り、見なかったフリをするのも賢い選択かもしれない。ここで彼らの罪を糾弾しても、フィーネたちに行き場はない。ゴーレム男の庇護《ひご》の下、安穏とした生活を送れるのなら、それもいいか。

しかしその前に——一つだけ確認したいことがあった。

「……フィーネが泣いたんだ」

「あ？」ゴーレム男が怪訝《けげん》そうな声を出す。

ジビアは凜然《りんぜん》と顔をあげて睨《にら》みつける。

「手を伸ばしただけで、アイツは、この世の終わりにみてぇに泣き出したんだ」

頭を撫《な》でようとしただけで、咄嗟《とっさ》に身を引いた。

まるで殴られることに怯《おび》えるように。

反射的に噴き出る恐怖に耐えきれなかったように。

説明するまでもない――虐待の兆候。

ジビアは拳をグッと握りしめた。

「お前は子供を殴る度に言ってんのか？　『こうやって怒るのは、お前が好きだから』って！　これも愛情だって！」

ゴーレム男は喉を絞められたように唸《うな》った。

ジビアは二階に潜む子供たちに視線を飛ばした。

「なぁ、フィーネ！　お前のパパは日頃、お前に何をしているんだっ？」

その言葉は、フィーネのみに投げかけたものだった。

しかし反応したのは子供たち全員だった。恐怖が頭を過《よ》ぎったように顔を引き攣《つ》らせる者、肩を震わせ自身の身体を抱きかかえる者、反射的に自分の頭を押さえる者――みんな心当たりがあるらしい。

子供たちの中には、顔に大きな青痣《あおあざ》を負った者も見える。

「うるせぇな！　人様の教育に口出ししてんじゃねぇよっ！」

そこでゴーレム男が怒鳴り散らした。手錠で拘束されたジビアに向かって、慣れた様子でその巨大な拳を振るおうとする。

二人の間を裂くようにクラウスが飛び込んだ。

ジビアを庇《かば》う形で、クラウスはゴーレム男の拳を受ける。

「くっ……」

肩で衝撃を流すように見えたが、クラウスは苦しそうな声をあげた。

「大丈夫かっ……？」

ジビアは思わず声をかけていた。

まともに喰《く》らっていれば、骨が砕けていたに違いない。素人《しろうと》の拳ではない。脚、腰の捻《ひね》りがエネルギーとなって、拳に伝わっていく。訓練が施された激しい一撃だった。

「ガキが。反抗的な目だな……」

ジビアが咄嗟に睨みつけると、ゴーレム男がにやりと笑った。

「なぁ、白髪のお前。貧民街出身なんだろう？」

「……………」

見抜けるらしい。

ジビアは反射的に黙ったが、それは肯定しているようなものか。

「俺くらいになると、分かっちまうのさ」誇らしげに男が鼻で笑った。「てめぇみたいな生意気なガキをこれまでに何度も躾《しつ》けてきた。この拳でな」

男はジャブを二発、素振りをしてみせた。空気が揺れる音が聞こえてきそうな、鋭い拳だ。

様子を見守っている子供たちが、ひぃっと怯える声をあげた。

「今から何十発でも殴ってやる。悲鳴をあげたって無駄だぜ？　ここじゃ誰にも聞こえやしねぇからな」

「…………っ」

知っている。

女子供が泣き叫んでも、誰にも聞こえやしない世界。

この街とは異なるが、ジビアはここと同じ世界に生まれた。孤児院に入ることができるまで、暴力と貧困に塗《まみ》れた街で妹弟《きょうだい》たちを守りながら生きてきた。

──その苦痛は、身に刻まれて理解している。

──だから、こんな世界を変えたくて、自分はスパイを目指した。

助けて、とフィーネの瞳が訴えている気がした。

ジビアはぐっと唇を噛《か》み締める。

隣のクラウスは顔を俯《うつむ》けている。

「なんだって……？」クラウスの声は掠れていた。「悲鳴が誰にも聞こえないだと？」

ゴーレム男が鼻の穴を膨らませる。

「あたりめぇだろ。こんなゴミ溜《た》めで、誰が悲鳴ごときを気にするかよ」

「……叫んでも誰も助けに来ないのか？」

「そうだって言ってんだろ」

「騒音を出しても、本当に誰も気にしないのか？」

「だから何度同じ説明を――」

「そうか。ところで――」

クラウスの声がすっと低くなる。

「――このお遊びには、いつまで付き合えばいい？」

ガチャリと。

金属音が響いた。

クラウスの手首にかけられた手錠が、床に落ちる。

針──袖口に仕込んだものだろう。クラウスはそれをジビアに向かって投げると、彼女もまた身体《からだ》の後ろに回した手でキャッチし、すぐさま手錠を解除する。

なっ、とゴーレム男が後ずさりをした。

ジビアは自由になった手を揉《も》みながら、大きく悪態をついた。

「クソっ。素人かよ。あんな大通りのそばで襲いやがって。目立つだろうが」

「よく堪《こら》えてくれた。コイツのアジトを摑《つか》みたかった」

路地裏で大男に殴られる寸前、クラウスはジビアの手に触れた。『抵抗するな』のサインだ。仕方なくジビアは無抵抗のフリをして、男の拳を受けた。

二人は同時に立ち上がると、並んでゴーレム男を睨みつける。

「手錠が壊れていたのか……？」

ゴーレム男は事情を理解できないようだ。故障だと思い込んでいるらしい。

「二対一か」

余裕を崩さずに、身体を斜めに構えてステップを刻み始める。武道の心得があるようだ。

「まぁ、いい。かかってきな。俺は元陸軍の人間だぜ？」

ニヒルに口元を歪《ゆが》める。やけに体格がいいと思ったが、元軍人だったのか。

「さっき、ぶちのめされたのを忘れたのかよ？　二人がかりでも叩《たた》きのめして――」

「いや」

ジビアは一歩前に踏み出した。

「あたし一人で十分だ」

「は？」

「テメェみたいなクズは、直接ぶっ飛ばさなきゃ気が済まねぇっ！」

手錠を握りしめてジビアは吠《ほ》える。

「コードネーム『百鬼』――攫い叩く時間にしてやんよ」

床を強く蹴りだして、男に向かって駆け出した。武器らしい武器は持っていない。手錠を振り回して、自分の二倍近く体重がありそうな巨漢に突撃していく。

「ガキが調子に乗ってんじゃねぇっ！」

ゴーレム男は叫んだ。

ジビアは顔目掛けて繰り出されるジャブをギリギリで避《よ》けると、敵のこめかみを狙って手錠を振り回す。

しかし、敵の方がずっと速かった。巨体に似合わない俊敏な動きで身を引くと、ジビアに向かって次のジャブを放ってくる。受け止めようとするが一撃が重い。薙《な》ぎ倒される寸前で受け流して、敵の腰に右手を伸ばした。

「――っ」

相手の蹴りが太腿《ふともも》に当たる。動作の一つ一つに力を込めた様子はない。隙がない。しかし、有り余る体重差のせいで一撃が強力だ。

ジビアの身体は軽々と吹き飛ばされて、床に転がされた。

「はっ」男は楽し気に鼻を鳴らした。「お前みたいな小さい女が勝てる訳ねぇだろ」

戦闘の常識か。

殺し合いは大きい方が強い。重い方が強い。女よりも男が強い。小さく、か弱いものは強者に虐《しいた》げられるのみ。

しかし、それはとっくの昔に廃れた――前時代の話だ。

「――銃があっても？」

ジビアはリボルバー拳銃を掲げた。

さっきまで笑顔だった男の顔が凍り付く。

「いつの間に……？」

「もう盗んだ」ジビアは誇らしげに笑った。「アイツに比べたら隙だらけだぜ?」

男はハッとしたように自身の腰を押さえた。

ジビアが一瞬で掠《かす》め取ったのだ。

スリ——それが『百鬼』の名を持つジビアの本領だ。

彼のやけに得意な態度から武器を隠し持っていることは予想がついたし、ご丁寧に軍人だったことまで明かしてくれるならば、拳銃をどこに隠すのかも予想がつく。

(ま、『針で突くようなスピード』を実践できたかどうかは分かんねぇけど……)

自虐しつつ、ジビアは銃口を男に向ける。

男は冷や汗をかきながらも、まだ余裕の表情を崩さない。

「だ、だが、お前みたいなガキが銃の使い方を知って——」

発砲音が轟《とどろ》く。

ジビアが躊躇《ちゅうちょ》なく放った銃弾は、男の耳を掠めて木造家屋の柱にめり込んだ。

力が抜けたように、ゴーレム男はへたり込んだ。次は当てる、とジビアが警告すると、
男は巨大な身体を震え上がらせる。

「お前たちは何者だ……?」

「普通の一般市民だよ」

ジビアは右手で銃を構えたまま、左手で手錠を見せつけた。

「もう終わりだな。さっさとお縄につきな」

ゴーレム男は尻を引き摺《ず》りながら後退していく。まるで羽虫のようだ。顔は引き攣《つ》っていたが、突然何かを思い出したらしく、はっとした表情で顔を上げた。

「お、俺を警察に突き出しても無駄だぞ……？」

「あ？」

「警察には伝手《つて》があるんだ……俺はすぐ釈放される……無意味なことはやめるんだな」

「……撃ち殺すぞ？」

「そうすれば、今度はお前たちが逮捕されるな！」

男は威勢を取り戻し、喚《わめ》きだした。

「俺を殺しといて、逃げ切れると思うなよ？　お前は人生を懸けてまで、その引き金を引く勇気があるのか？」

ジビアの手にしたリボルバーが揺れる。

ハッタリだろうが、万が一事実だった場合かなり面倒だ。この街に身を潜めるスパイである以上、警察とはあまり関わりたくない。説明や身分照会が面倒だ。

ジビアの困惑を動揺と察したらしい。ゴーレム男が勝ち誇ったように笑う。

「さぁ、今すぐに銃を下ろせ！　でなきゃ殺人未遂で、知り合いの警察に――」

「――アンゲラー警部だろう？　今頃スパイ容疑で陸軍情報部に拘束されているよ」

クラウスの声が響いた。

視線を向けると、彼は一枚の紙を見つめている。足元にはペンキ缶。蓋が開いている。

彼が先ほど手にしたばかりの機密文書か。

「あ？」と男が口を開ける。

どうやら図星らしい。

クラウスはマッチを擦って、その書類に火をつけた。特殊な用紙なのか、瞬《また》く間に燃え広がり、灰さえ残さずに消えていく。

「つまらない男だ。小金欲しさに帝国のスパイと繋《つな》がった。関係者を虱潰《しらみつぶ》しに当たっているが、お前レベルの悪人しか出てこないとはな。期待外れだ」

クラウスは心底失望したような目をした。

「後は警察の仕事だ。子供たちは施設に引き取ってもらえるよう手を回しておこう」

「てめぇ、何言ってんだ……？」

「お前のことも書いてあったぞ、フリーゼ元兵長。図体《ずうたい》ばかりデカいが、器が小さく、酒場で傷害事件を起こして懲戒処分を受けたとな。絵に描いたような小物だ」

「てめぇぇぇぇぇぇえっ！」

蔑まれたショックか、頼みの綱がなくなったパニックか。

ゴーレム男は家全体を揺らすほどの叫び声をあげると、ジビアの銃など意に介さず、クラウスに摑みかかっていった。完全に目が血走っている。

ジビアはすかさず引き金に指をかけたが、クラウスの退屈そうな瞳を見て、止めた。無理に発砲する必要もないだろう。

あの男の強さは身に染《し》みている。

クラウスは迫りくる巨体にも涼しげな顔をしていた。

「残念だが――お前程度では、僕の敵にさえなれないよ」

クラウスは軽く手の甲でゴーレム男の顎を弾いた。特別に力を入れたようには見えなかったが、ゴーレム男の頭が大きく揺さぶられる。

脳震盪《のうしんとう》が起きたらしい。彼は糸が切れたマリオネットのように、その場に崩れ落ちた。

ジビアは男の意識が切れていることを確認すると、太い手首に手錠をかけた。後は駆けつけた警察が状況を察するだろう。

隠れて見守っていた子供たちは口を開けて、呆然《ぼうぜん》としている。

ジビアは何か説明しようとしたが、やめた。自分たちは一般市民のまま去ればいい。

クラウスと共に家屋から出ようとする。

「お姉ちゃん……」

背中に声がかけられた。

フィーネだった。涙まじりの声だった。

「……ありがとう」

どこか気まずそうに見えるのは、自分たちを騙《だま》した負い目かもしれない。

だから、ジビアはあくまで凜然《りんぜん》とした表情で「おうっ！」と返事をした。

ジビアたちは貧民街まで運び出されていたらしい。一歩外に出ると、自分たちがいたのは木造住宅というには粗末なバラックだったと理解する。似たような木造のボロ小屋が並んでいる。戦争が終わってまだ十年。国の各地まで行政の目が行き届かないのだろう。

電話があるとも思えないので、二人は足早に街の中心へ歩いて行った。

道中、ジビアはクラウスに疑問を投げかける。

「全て計算通りなのか？」

ここまでの一連の流れを、クラウスは全て予期していたように動いていた。

いいや、と彼は否定する。

「子供を用いたスリ集団の存在は聞いていた。あの公園で待っていれば、向こうから接触するだろうと考えただけだ。運が良かった」

やっぱりかと納得した。

思えば、多忙な彼が呑気《のんき》に公園で昼食を摂《と》ること自体おかしいのだ。全部想定内。フィーネに声をかけられた時点で、彼女がスリ師だとは気づいていたのだろう。

そして、フィーネたちを救いあげた。

あくまで国内に潜伏するスパイ捜査のついでだろう。あのレベルの犯罪者を捕まえることは自分たちの仕事ではない。しかし、彼は確実に子供たちを暴力から救った。

だから、つい尋ねていた。

「なぁ、不可能任務を成功させれば、たくさんの子供を救えるか？」

自分たちが一月《ひとつき》以内に挑んでいく超難度任務。

詳細は伝えられていないが、それはフィーネのような子供の笑顔に繋がるのか――。

「答えるまでもないな……」

軽くクラウスは口にする。

ジビアもまた頷《うなず》いた。

きっと国の命運を懸けた任務なのだろう。直接的に彼らに結びつかなくても、間接的に彼らに幸福を与えられるはずだ。

(だったら、もっと強くならなきゃな……)

ジビアが決意を新たにすると、クラウスの穏やかな視線に気が付いた。

「そう意気込みすぎるな」

「ん?」

「巨漢を圧倒した今なら分かるだろう? 多少の強さを身につけても大した価値はない。スパイにまず求められるのは、強《したた》かな身体《からだ》ではなく精神だ」

クラウスがそっと告げた。

「ジビア、お前は既にそれを持っている。いつか故郷の子供を救える日も来るさ」

まるでジビアの心を見透かしたような言葉。

いや、実際見抜いていたのだろう。その静かな瞳で。

(一応、気にかけてくれてんだな……)

それを意外に思い、顔が熱くなる。

ジビアは手を振った。

「大丈夫、焦《あせ》ってねぇよ。ちょっとずつ強くなってるって実感できたから」

ジビアが、今回のゴーレム男に対応できたのは訓練の成果だ。クラウスを知るジビアにとって、あの程度の男、恐れる気にもならない。

「アンタのこと、誤解していたよ。アンタはしっかり教官なんだな」

「当然だろう」

クラウスが満足げに呟《つぶや》いた。

「僕はお前たちを導くんだ。世界最強のスパイの名にかけて」

その後、ジビアたちは並んで道を進んでいった。道中、とりとめのない会話を交わす。

当然クラウスとの問答は嚙《か》み合わないことも多く、その天然ぶりに振り回されたが、数時間前のように苛立《いらだ》ちを抱くことはなかった。

――案外、良いボスなのかもしれない。

少なくとも、そう思えるくらいには心変わりしていた。

「腹も減ったな。僕はどこかで昼食を摂るが、お前は？」

だから、クラウスがそう声をかけてきた時、

「あ、あのよ」

とつい声をかけていた。

「どうした……？」

「べ、弁当ならあんだけど……」

ジビアはそっと隠し持っていたアルミ製の弁当箱を差し出した。

クラウスが目を細める。「くれるのか？」

高鳴る心臓の鼓動を感じながら、ジビアは口にした。

「あたしが驚かせたせいでフィーネがパンを踏んづけただろ……？　だから、その、お詫《わ》びに……い、一緒に食べないか……？　いや、あたしが作ったんじゃなくて、リリィが渡してくれたんだけどな……」

言い訳や不必要な情報がべらべらと出てくる。

（なんで、あたしはこんなに緊張してるんだ……？）

ジビアは自分でも分からない感情に苛《さいな》まれながら、クラウスの返答を待った。

「そうだな。いただくとしよう」

「……よ、よし、じゃあ半分こな」

彼の答えにほっと心が温まる自分がいた。

歩きながら食べようぜ、と笑いかける。

クラウスは無言で頷いた。

ジビアは顔の緩みがばれないよう唇を噛む。どこかで嗅いだ記憶のあるスパイシーな香りを感じる。アルミの蓋を取り除こうと触れて――。

――そして弁当は爆発した。

◇◇◇

その夜、陽炎パレス――。

「待ちやがれぇぇぇぇぇぇぇぇぇっ！」「ぎゃあああぁ、ナイフはダメですよ！」「知るかァ！」「こ、今回の立案者はモニカちゃんですっ！」「あああぁっ？」「いや、リリィだから」「騙しやがったな！」「くっ、天才リリィちゃんの情報戦略が通じないなんて！」

阿鼻叫喚《あびきょうかん》の巷《ちまた》だった。

クラウスは何もしていない。

ただ自室で趣味の油彩画に励んでいる。洋館の寝室で深く椅子に腰かけ、絵筆を握りしめ、じっとキャンバスを見つめる。しかし集中できる環境ではなかった。階下や廊下からは絶えず少女たちの絶叫が聞こえてくる。

「アイツら、何をやっているんだ……？」

そうクラウスが呆《あき》れ声を発すると、部屋にリリィが飛び込んできた。

「先生っ！　匿《かくま》ってくださいっ！」

リリィは肩で息をしている。全力で走って、逃げてきたらしい。何かに怯《おび》えるように膝をがくがくと震えさせている。

「出ていけ」クラウスは冷たくあしらった。

「話を聞いてください！　今、廊下でオランウータンが暴れているんですっ！」

「この館にそんな獣はいないが……」

「いるじゃないですかっ！　白髪のオランウータンが！」

「その一言でお前が悪いと確信したよ」

クラウスが息をついていると、廊下からドタドタと大きな足音が聞こえてきた。

「そこかあああああああぁ！」

そんな絶叫と共に、椅子を握りしめたジビアが部屋の扉を蹴り飛ばして入ってきた。その目は爛々《らんらん》と赤く光り輝いている。おそろく唐辛子のせいだろう。

リリィが「ひぃいいぃ！」と情けない声をあげて、クラウスの方へ回り込んだ。ちょうどクラウスを挟むようにして、ジビアとリリィが向き合った。

「は、話し合いましょう！　ジビアちゃん？　ね？」

「その前に一発本気で殴らせろ」

「椅子を握りしめながら言われても！」

クラウスが面倒くさそうに「僕の頭越しで怒鳴り合うな」と小言を漏らす。

「す、筋違いですよ！　だって、ジビアちゃんが言ったんですよ？『無知な人間を操るってのは実戦じゃあり得るしな』とか『意外性が必要だな』とかカッコつけて！　わたしは先生を倒すために、最善を尽くしただけです！　えへん！　褒めてもいいんですよ？」

リリィは偉そうに胸を張る。ジビアの眉間がピクッと痙攣《けいれん》した。

仲間ごと爆破作戦・改――。

それが、あの爆発の正体だった。

ジビアがクラウスに差し出した弁当――事前にリリィから手渡されていたもの――は、昨夜と同じ唐辛子パウダーの催涙爆弾だった。ジビア以外の少女たちは、弁当に仕掛けた発信機からジビアを尾行。クラウスとジビアの関係がもっとも深まり、双方油断する瞬間を狙って、リリィが「今ですっ！」とノリノリで起爆した。

しかし、クラウスは寸前で回避。

結果、ジビアだけが唐辛子の餌食《えじき》となった。

「いやぁ、あと一歩で先生に爆弾を食らわせられたんですけどね。無念ですねぇ」

このリリィという少女——周知の事実ではあるが、相当に強かな性格だった。

「許さん……お前だけは許さん……」

そして、怒髪天を衝《つ》くジビア。まだ洗い流しきっていないのか、綺麗《きれい》な白髪もところどころ赤く染まっていた。まだ目が赤いことも相まって、妖怪のような姿である。

リリィはクラウスを盾にするように身をかがめる。

「り、理不尽です。やり返しただけなのに、どうしてそこまで怒って……」

「うるせぇ……」

「あ、もしかして、先生との会話を盗聴したことですか？」

「っ！」

「普段と違って、なんか乙女でしたねー。『弁当なら、あんだけどよ……』とか初々《ういうい》しい恋人みたいで。いやぁチーム全員で聞いて、ニヤニヤしながら——」

「あああああああああああああぁああ！　忘れるまで殴る！　絶対に殴るっ！」

「……頼むから、僕の部屋以外でやれ」

クラウスが呆れた表情を浮かべた。

「………不可能任務への道のりは遠いな」

その呟きも、二人の少女に聞こえたかは定《さだ》かでない。

ふーっふーっと荒い呼吸を繰り返す彼女たちに、クラウスは語り掛ける。

「……それどころじゃないと思うが伝えておく。今回のことで分かったと思うが、今の時代、議会、警察、軍、あらゆる場所に敵国のスパイが入り込み、国を内部から腐敗させている。人々を守れるのは、僕たちスパイだけだ」

当然、国に蔓延《はびこ》るのは、軍人くずれや腐敗警察だけではない。もっと邪悪な人間が息を潜めているだろう。その一方で、自分たちも敵国の組織に潜入するのだ。

手段問わずのスパイ合戦――それが『影の戦争』だ。

「騙《だま》し合い、欺き合い、高め合え。いつか僕を倒せるほどにな」

クラウスはそっと席を立った。

「それまでは、時に仲間同士のケンカも――極上だ」

クラウスが移動したことによって、ジビアとリリィを遮る存在がなくなった。ジビアが獣のような咆哮《ほうこう》をあげながら飛び掛かり、リリィが涙目になって逃げ惑う。

不可能任務まで残り四週間。

少女たちの訓練は過激に繰り広げられていく――。

## 2章　case サラ

エルナが潰された。

金髪の少女である。十四歳という年齢にしては身体《からだ》が小さく、顔つきも十歳児と言われても信じられる童顔だ。その美しさも相まって、どこか人形じみた雰囲気を纏《まと》っている。

しかし、そんな少女は今――ドアと床の狭間《はざま》で呻《うめ》いていた。

挟まれたのではなく、潰された。

「不幸……」と呟いた声は、誰にも届かない。

◇◇◇

――世界は痛みに満ちている。

不可能任務の達成を目的とした『灯《ともしび》』の結成から、二週間が経過していた。

クラウスが出した「僕を倒せ」という課題には、いまだ達成の兆《きざ》しさえ見えない状況だったが、少女たちは成長を見せ始めていた。ジビアのスリ師騒動やエルナの誘拐事件を経て、連携を深め、クラウスに対する信頼も生まれていた。

足並みを揃《そろ》えていく中で、少女たちは互いの長所や実力を理解していく。

モニカやティアといった優れた少女たちの活躍が目立ち始める。

ただ、その一方で――躍進する仲間に気後れする少女も現れていた時期でもあった。

◇◇◇

「もう、いっそのことクラウスさんの部屋ごと爆破しちゃう？」

「いいですね。いつ工作を仕掛けましょうかね？」

「シンプルに晩御飯に誘えばいいでしょ？　ご馳走《ちそう》を作ったから、食堂に来てって」

「あ、それ採用です！　その隙にベッドの陰にでも、爆弾を仕込んじゃえば――」

彼女たちの訓練はこの日も続いている。

発言が次第に過激になっていることを除けば、もはや見慣れた光景だった。洋館の大広間でテーブルを囲み、少女たちは物騒な案を並べていく。

「正直、この程度でクラウスさんを倒せるとボクは思えないけどね。情報を集める一手としては、悪くないかもね」

髪先を弄《いじ》り、偉そうに主張するのは蒼銀髪《あおぎんぱつ》の少女——モニカ。中肉中背で、髪形以外の印象を残さない不思議な容姿である。

「いやいや！　わたしはこの作戦ならイケると思いますよ。ドカーンと派手にやっちゃいましょう。ドカーンと！」

それに対し能天気な意見をあげるのはリリィ。モニカとは対照的に、人目を惹《ひ》き付ける魅力に富んだ容姿をしている。美しい銀髪に、豊満なバストが特徴的な少女。

「火薬多めでも大丈夫ですって。部屋をまとめてふっ飛ばしても、先生に軽傷を与えられるのがやっとですって」

「またキミは適当な発言をして……限度ってもんがあるでしょ」

「でも前回、ドアをぶち抜いて放水攻撃した程度では話にならなかったですもん」

「どう火薬を仕込む？　先週、窓ガラスに開けた穴ってまだ使えたっけ？」

「きっと残っていますよ。さぁ！　行動に移りましょうか」

この二人——モニカとリリィを中心に、えらく物騒な計画ができあがろうとしていた。

が、それに水を差すような声があがった。

「あの、ちょっといい？」

黒髪の少女――ティアが手を挙げている。

艶やかな髪を伸ばし、凹凸に富んだ蠱惑的《こわくてき》な姿態を持つ少女だった。

「そろそろ誰か指摘する頃かなって思っていたんだけど、誰も言わないから私が言うわ」

「ん？」

メンバー全員の視線がティアに集まったところで、彼女は言った。

「――屋敷《やしき》、そろそろやばくない？」

「「「「「「「…………」」」」」」」

少女たちの誰一人反論しなかった。

クラウスを襲い続けて、約二週間。

先ほどのリリィたちの発言から分かる通り、彼女たちは時に屋敷を壊して、襲撃を目論《もくろ》んでいる。ドアを壊すこと、窓ガラスを割ることも日常茶飯事。実際の任務で扱える手段であれば、何の躊躇《ためら》いもなく採用した。

その結果、豪華だった陽炎《かげろう》パレスにはいくつも綻びができている。ひび割れた窓ガラスはいくつもあるし、壁の凹《へこ》みや破れた壁紙などを数え上げればキリがない。

「どのくらい大変かと言うとね」ティアが補足する。「昨晩エルナが潰れてたわ」

「なにゆえっ?」リリィが目を丸くする。

「蝶番《ちょうつがい》が外れたドアが倒れてきたらしくて」

広間の隅では、エルナが水袋で頭を冷やしている。たんこぶができたらしい。「痛かったの……」と涙目でコメントを残した。

「とにかく日常生活に支障が出ているの。一旦、壊れた箇所を直しましょうよ。掃除当番に加えて、修繕当番も設けるべきね」

ティアが優雅な笑みを浮かべる。

それは実に理に適《かな》った提案ではあったが——。

「ボクは反対かな」

モニカがつまらなそうに吐き捨てた。

「もうじき、ボクたちは命懸けの任務に挑むんだよ? 呑気《のんき》すぎない?」

「だからって全てをなおざりはどうなのよ」

「今は一秒でも長く訓練に費やすべきでしょ。修理なんて後でいい」

「……カッコつけても、どうせアナタは当番を増やしたくないだけでしょう?」

「んー? ビッチには、このレベルの発言がカッコつけているように感じるわけ?」

「あら、今とんでもない暴言が聞こえた気がするわよ？」

ティアとモニカが激しく睨《にら》み合う。余裕の笑みを崩さないまま、強い苛立《いらだ》ちをぶつけ合う。高度なのか低度なのか分からないケンカだった。

『灯』では優秀であることも相まって、何かと対立しがちな二人である。

リリィが「まぁまぁ」と取りなしても、二人の間に散る火花は激しさを増すばかり。

それを煽《あお》るように他の少女たちも意見を挙げていく。

「けど、実際直すには時間がかかるよなぁ」「……ですが、ボスはこの屋敷をあまり壊してほしくなさそうですし……」「俺様、修繕より改造がしたいですっ」「コイツの改造は余計に危険になるから止めるべきなの」「はーい、皆さん落ち着いてくださぁい。リーダーのリリィちゃんが困ってますよぉ」

出会ってから二週間が経《た》ち、少女たちも次第に遠慮がなくなってきた。

引っ込み思案だったエルナも少しずつ声をあげるようになり、活発な意見が飛び交う。

一人の少女を除いて――ではあるが。

「でもさ、時々、修繕されているじゃん」

やがてモニカが勝ち誇ったような笑みを浮かべた。

「クラウスさんが専門の業者を呼んでいるんじゃない？　無視していいでしょ？」

ティアはその情報を知らなかったらしい。ぐぬぬ、と唇を噛《か》んで、モニカに視線を送るが、肝心の言葉が出てこない。

軍配はモニカにあがった。

結局、荒れた箇所は放置するという方針が決まり、解散となった。


「モニカお姉ちゃんはデタラメを吐いているの」

話し合いが終わったあとで、エルナは分析する。

「時々屋敷が修繕されているのは間違いないの。でも、業者なんて見たことないの」

少女たちが暮らす陽炎パレスには、屋敷の外れに小屋がある。

本来は用途がない倉庫であったが、現在そこは動物小屋となっていた。小屋には犬やネズミ、鷹《たか》、鳩《はと》と無数の動物がケージ無しで入れられている。鷹とネズミの間に仕切りもなく共生しているのは、鷹の知能の高さか、あるいは、調教した少女の愛情ゆえか。

エルナは動物小屋の外に立って、中にいる少女に呼びかける。

「ズバリ幽霊の仕業とエルナは思うの――サラお姉ちゃんは、どう思うの？」

「なかなかエキセントリックな主張っすね」

声をかけられたサラは苦笑した。

ウェーブがかかった茶髪の少女である。目深《まぶか》に被《かぶ》ったキャスケット帽の下から覗《のぞ》かせるクリクリとした瞳は、まるで小動物を思わせた。

「でも、さすがに幽霊はないっすよ」

彼女は動物たちに特製の餌を食べさせていた。動物たちは皆、サラに懐《なつ》いており、身体を擦《こす》り付けるように寄り添って来る。

「けれど、エルナは見たの」

小屋から一歩外れた場所で、エルナは主張した。

「昨晩、この小屋に繋《つな》がる廊下辺りを歩いていたら、長い人影がぬっと現れたの。思わず飛びのいて、近くのドアに頭をぶつけたら、ドアが倒れてきて散々な目に遭ったの」

普段よりも早口で彼女は主張する。

ここまでの素振りからは信じられないが、彼女は人見知りである。一対一の状況で、まともに会話をできる相手はクラウスとサラだけだ。

よってエルナはサラがいる動物小屋によく訪れている。

サラはそのことを改めて感じつつ、エルナに笑顔を向けた。

「あっ。だからエルナ先輩は、今日は特に自分から離れないんすか？」

エルナの顔が一瞬で赤くなった。

「——！」

サラは噴き出す。

十四歳という年齢が信じられないほど、エルナは外面も内面も幼いのだ。

「恐いなら、小屋に入ってくればいいのに」

「動物も恐いの……危険に満ちているの」エルナは小屋の前で一歩も動かない。「屋敷には幽霊、小屋にはサラお姉ちゃんの動物たち……エルナは今追い詰められているの」

「そんな過剰な」

「前門のお化け、後門のペットなの」

「むしろ楽しそうっすね」

外国にオープンしたという遊園地に近そうだ。

一応、エルナが怯《おび》えるには理由がある。彼女は不幸体質だ。精神科医いわく、そんなオカルトはありえず、彼女が無意識に事故や事件を求めるというが、詳細は謎だ。

「自分のペットなら大丈夫っすよ」

サラは優しく微笑《ほほえ》んだ。

「の？」

「幽霊が恐《こわ》くて」

「一匹お貸ししましょうか？　この子なら、番犬として幽霊を追い払ってくれるっす」

サラは足元の仔犬《こいぬ》を抱きかかえた。黒くて丸く、ビターチョコのような犬である。

「噛まないの……？」エルナは上目遣いで口にした。

「大丈夫っす。しっかり躾《しつ》けてあるっす」

「ん……」

「今まで人を噛んだことはないっす。一緒に寝ると結構あったかいっすよ」

サラの売り文句に惹かれてくれたらしい。

エルナは唾《の》を呑み込んで、小屋に一歩足を踏み入れた。恐る恐るといった挙動だが、サラが抱える仔犬に手を伸ばす。

仔犬は気配を感じとったらしい。鼻をひくひくと動かす。

「ほ、本当に噛まないの……？」エルナはまだ不安げな顔をしている。

「はい。それだけはしないよう、自分が教え込んで――」

がぶっ、と。

仔犬がエルナの手に――思いっきり噛みついた。

「「…………」」

突然過ぎて二人とも反応できなかった。

次第に痛みが増してきたらしい。エルナが腕を震えさせると、唇を噛み、首をぷるぷると横に振り、目からはじわりと涙がこみ上げていき――。

「のおおおおおおおおおおおっ⁉」

「す、すみませええええんんんんっ！」

エルナの絶叫が響くと同タイミングで、サラの悲鳴が小屋に轟《とどろ》いた。

二人の少女の叫びは、他の少女が様子を見に来るまで五分間止《や》むことはなかった。

◇◇◇

夜の十一時、他の少女が寝静まった頃、サラは屋敷の階段を降りていた。

（うう。エルナ先輩には悪いことしたっすね……）

先ほどの顛末《てんまつ》を思い出して、肩を落とした。

幸い、エルナの手に傷は残らなかった。甘噛《あまが》みだったのだろう。しかし、あれだけ噛まないと豪語した直後に、あの醜態は情けない。しっかり躾けたつもりだったが。

それに、もう一点、エルナに謝らないといけないことがある。

（きっとエルナ先輩が見た『幽霊』というのは――）

息をつきながら、一階に辿《たど》り着いた時、ふと気が付いた。

キッチンから光が漏れていた。

食器が重なる音が聞こえてくる。誰かがいるようだ。少女たちはこの時間帯、全員眠っているはず。もう一人の住人は、こんな時間に夜食を摂《と》るような不摂生はしない。

まさか本物の幽霊ではあるまい。

（……だ、だとしたら泥棒っ？）

サラの膝ががくがくと震えだした。

ペットの一匹でも連れていたら、と後悔する。

しかし、見つけてしまった以上、逃げる訳にはいかない。人を呼ぶにせよ、せめて泥棒の顔くらい確認しなくては。

鍵穴に顔を近づけ、中の様子を確認する。

「ん？　サラか」

すると、中にいた人物はあっさりと気配を察知した。

ひっ、と情けない声をあげてしまう。が、冷静に考えれば、声の主はすぐ思い至った。

「せ、先生っ？」

サラはキッチンに入っていった。

中にいたのはクラウスだった。長身の男性である。肩まで伸びた長髪のせいもあり、女性と見間違えそうな美しい男だった。

『灯』のボスにして、少女たちの教官。そして、世界最強を自負する超一流のスパイ。

しかし、そんな色んな意味で目上の存在が手にしていたのは、白い布巾。

「な、何をやっているんすか？」

「見ての通りだ」

「お皿を拭いているようにしか見えないっす」

「皿を拭いているからな」

クラウスは喋《しゃべ》りながら、素早い動作でキッチンに収納された食器を取り出し、水につけて丁寧に乾布で擦っていく。それらは普段、少女たちが使用している皿であった。一度少女たちが洗った食器でも、彼が磨くと更に輝きを増した。

その何一つ無駄のない素早い手際《てぎわ》を、サラは呆然《ぼうぜん》と眺めていた。

クラウスは不思議そうに視線を向けた。

「なんだ。僕が家事をしているのが意外か？」

「あ、あの、皿拭きくらい自分たちに任せれば」

「いや、これは僕の訓練だ。スパイは、料理人や小間使いに擬態することもあるからな」

そう説明したあと、彼は声のトーンを落とした。

「……それに以前のチームでは僕が下《した》っ端《ぱ》だった。家事は習慣だ」

そう呟《つぶや》いた表情には、どこか陰りが感じられた。しかし、その変化はあまりに微細だった。サラの気のせいかもしれない。

一流のスパイが普通の家事をしている光景は馴染《なじ》めなかった。人間である以上、彼もまた食事を摂り、睡眠をとり、入浴をし、排泄《はいせつ》をするには違いないが、その認識と世界最強のスパイというイメージが結びつかない。

「人には色んな側面があるさ」

クラウスはサラの困惑を汲《く》み取ったように目を細めた。

「サラ、お前だってそうじゃないのか？」

「え……」

「工具箱。夜な夜な屋敷《やしき》を修繕しているのはお前だろう？」

あっと気づいて、サラはずっと手にしていた工具箱を背中に隠した。

失念していた。

そう――屋敷を修繕していたのはサラだった。

彼女が夜、部屋を抜け出して、昼間に壊した窓ガラスやドアを直していた。

エルナが目撃した『幽霊』というのは、おそらくサラのことだろう。

「──極上だ」

クラウスは満足げに頷《うなず》いた。

「現状を憂いて、仲間に奉仕する精神は素晴らしい。特に、その気遣いを他人に知られないようにする配慮は誰にでもできることじゃない」

一通り褒めちぎって、クラウスは鋭い視線を向けた。

「だが、お前ばかりが睡眠時間を削る構図は感心しないな。綻びを看過できず、訓練に支障がでているなら、それは全員で修理すべきだ」

「そ、そうっすね……」

「明日他の奴らにも伝えておくよ。修繕を任せて、すまなかったな」

サラは手をぶんぶんと振って否定した。

謝罪なんて恐れ多い。クラウスもまた一人、家事をやっていることが発覚したのだ。彼が謝る理由なんて一つもない。

それに、クラウスは一つ大きな誤解をしている──。

「あっ、あの！」

躊躇《ちゅうちょ》はあったが、告げねばならない使命感が上回った。

「自分のことは、誰にも伝えなくて大丈夫っす」

「ん、なぜだ？」

「修繕は自分一人でいいっす。先輩方は、ゆっくり休んでもらった方が……」

クラウスは皿拭きの手を止めて、疑問を隠さない視線をサラに向けてきた。納得しかねているようだ。

サラはハッキリと明かすことにした。

「――じ、自分が一番劣っている自覚はあるっすよ」

「ん？」

「自分は、養成学校に通っている期間がチームで一番短いので。いや、仮に同じ期間入っていても、自分は未熟だったでしょうけど、とにかく全然拙くて……」

スパイの養成学校は、世間一般の学校と違い、入学時の年齢は一律ではない。

サラは十五歳であるが、養成学校に入っていたのは二年間。例えば、エルナは十四歳であるが、養成学校に入っていたのは四年間とかなり差がある。

「みんなは、自分にとって『先輩』なんすよ」

サラは告白した。

「自分は会議の場でも全く発言できなくて、足を引っ張ってばかりなので……」

「……せめてお手伝いくらいは、ということか？」

「正解っす」

サラは自嘲するように、はにかんでみせた。

「身の程を弁《わきま》えた行動を取れ──そう養成学校でも教わったっすから」

実力がない自分には相応《ふさわ》しい行動だろう。

自分は実家のレストランが廃業となり、食い扶持《ぶち》を稼ぐためにスパイとなった身だ。他の少女たちは夢や野望がある中、自分に高い意識があるとも言えない。

付け加えるなら、先ほども自身が未熟なせいで仲間に怪我《けが》を負わせるところだった。

──価値がない自分は、せめて周りに奉仕したい。

サラにあるのは、その一心だ。

「……養成学校は、どんな教育をしているんだ」

「え？」

クラウスが怒気を滲《にじ》ませた──ように見えた。

思わずその顔を確認するが、その表情は至ってクールなものに戻っていた。彼は再び皿拭きに戻ると、先ほどよりも更に機敏な動きで山となった食器を片付けていく。

「サラ、とりあえず今日はもう寝るといい。お前の意思は汲み取った」

「は、はいっす」

クラウスに促されては、サラは引き下がるしかなかった。

去り際、クラウスの横顔を確認する。しかし、その真意は読み取れなかった。

彼女がその意図を悟り始めるのは、翌日の朝――。

◇◇◇

「リリィ先輩、起きてください。料理当番っすよー？」

早朝、サラはベッドで眠るリリィの肩を叩《たた》いていた。

陽炎パレスは機密性を保つ必要上、外部のメイドは雇えない。修繕や掃除だけでなく、食事もまた少女たちが交代で用意していた。

本日の料理当番はサラとリリィ――なのだが、リリィは朝寝坊を続けている。

「……うぅ、やめてください。わたしはお菓子を盗み食いしていませんよぅ」

彼女はシーツにしがみつきながら、うなされていた。サラから逃げるように、ごろごろとベッドの上を転がっていく。

「何の夢を見ているんすか？」

「……確かに戸棚には近づきましたよぅ……でも、食べていません……わたしはお菓子をちょっと移動させただけです……」

「どこに？」

「お腹《なか》の中に」

「がっつり盗み食いっす！」

大声で叫んで、リリィの肩を強く押した。

ベッドから転落したところで、リリィはようやく目を覚まし「ハッ……！　恐ろしい冤《えん》罪《ざい》の夢を見ました」と戯《ざ》れ言《ごと》をほざいた。

もはや何から指摘すればいいのか分からない。

「おはようございます、ってアレ……？」リリィは寝ぼけ眼でサラを見た。「サラちゃん、もう朝食を作ってくれたんですか？」

「え。いや、これからっすよ？」

「でも良い香りがしませんか？」

リリィに指摘されてから、サラも気が付いた。

柑橘系《かんきつけい》のフルーツとオリーブオイルの香りが、どこからか漂ってきている。

誰かが料理当番を間違えているのか。

「む――これは、おそらくっ！」

リリィが目を見開いた。

布団《ふとん》を投げ捨てると、目の前にいるサラを気にせず、寝間着を脱ぎ捨て、宗教学校の制服に着替えた。いつになく機敏な動きである。瞬《またた》く間に朝の身支度を終えると「サラちゃん、キッチンに！」と告げて、部屋を飛び出した。

訳が分からないまま、サラは後に続いていく。

まだ日が昇り切っていない廊下は薄暗くて、進みにくい。壊れたドアが無造作に壁に立てかけられていたり、端には壁や木材の破片が放置されていたりと危険だらけだ。

やはり本格的に修繕をした方がいいかもしれない。

そんなことをサラが頭の片隅で考えていると――。

「んっ？」

良い匂いが強まってきた。キッチンで誰かが朝食を作っているらしい。

リリィに続いて階段を駆け下りると、そこには思わぬ人物が立っていた。

「おはよう、サラ、リリィ。他の奴《やつ》らも起こしてきてくれないか？」

クラウスだった。

フライパンで魚をバターで焼いている。

普段、少女たちとは朝食の時間をずらしているのに、なぜか堂々と調理していた。しかも量から察するに、メンバー全員分。

「たまには僕が料理を振る舞ってやろう。そう思い立ってな」

「やっぱり先生だったんですね」リリィが目を丸くしている。

サラは唖然《あぜん》とした。「……どうしたんすか？　いきなり」

「そうだ、二人とも。ドレッシングの味見だけしてくれないか？」

クラウスが小皿を差し出してきた。

あまりに信じられない光景に、サラは驚愕《きょうがく》する。

普段クラウスは自分の分しか料理を作らない。それをリリィがつまみ食いし、叱責されるのが通例なのだ。なのに、わざわざ彼自ら料理をして、少女たちに振る舞うなんて。

罠《わな》かもしれない。

そんな不安は、ドレッシングを舐《な》めた時に消し飛んだ。トウガラシの風味が混ざったパンチのあるオリーブオイルと、爽やかなオレンジの香りに、理性がやられる。

「全員、起こしてくるっすっ！」「わたしもすぐにっ！」

二人はドレッシングを持って、まだ眠っている少女たちを叩き起こして回った。全員、クラウスが手料理を振る舞ってくれるという事実に半信半疑だったが、ドレッシングを口に入れると驚愕し、あっという間に食堂に集まった。

周知の事実であるが、クラウスの料理の腕はプロ級——いや、プロ以上だ。超一流シェフとしてどこでも潜入任務が行えるよう、完璧な技術を会得《えとく》している。

当然、料理は絶品だった。

レタスとムール貝のサラダ、タラのムニエル、トースト、カボチャのポタージュ、そして、デザートの卵たっぷりのプリンまで。朝食にしては豪華すぎるメニューだったが、味のおかげで淀《よど》みなくお腹に収まっていく。

クラウスはわざわざ朝市に出かけ、新鮮な素材を仕入れたらしい。

「俺様、クラウスの兄貴がボスでよかったですっ！」

「エルナ、一生ついていくのっ！」

「ボクよりも料理上手い人って、クラウスさんくらいだよね」

「さすが、先生ね。毎日振る舞ってくれるなら愛人になってあげてもいいわ」

歓声が上がる。

少女たちからの一斉の賛辞にも、クラウスは表情を崩さず「部下を労《ねぎら》うのは上司として当然だ」と告げている。

「特に、ドレッシングが美味《おい》しいっす」サラがため息をついた。「これ、絶妙ですね」

「このままでも十分美味しいがな」

クラウスは目を細めた。

「胡椒《こしょう》と赤ワインを加えて煮詰めると、最高のステーキソースにもなるんだ」

サラを含めた少女たちが、お、と期待の声をあげる。

「──そして、ちょうど新鮮なヒレ肉を朝市で仕入れてきたところだ」

「「「「「うおおおおおおおおおおおぉっ！」」」」」

拍手と雄叫《おたけ》びが同時に沸き起こった。

いつになくクラウスが優しい。そして、究極の接待をしてくれる！

「今は下処理して寝かせてある。今晩には最高の状態になるだろう」

クラウスの解説など、ほとんど耳に入らず、少女たちはコールでそれに応えた。

「理想のボスっ！」「自称・世界最強っ！」「語彙力と反比例した才能！」とバラバラに褒め言葉が飛んで、最終的に「先生っ！」で統一された。

ノリと勢いだけは誰にも負けない少女たちである。

少女全員で手拍子と共に「先生っ♪　先生っ♪」とご機嫌に喚《わめ》き始める。

「まさか、ここまで喜んでもらえるとはな」

「「「「「先生っ♪　先生っ♪」」」」」

「僕も嬉《うれ》しく思うよ。早起きしたかいがあった」

「「「「「「「先生っ♪　先生っ♪」」」」」」」

「だが、ところで――」

クラウスが冷ややかな視線を向けた。

「――その肉を、誰がお前たちに食わせると言った？」

一斉にコールが止《や》んだ。

「「「「「「「……………は？」」」」」」」

少女たちの表情が凍り付いた。

さっきまでの拍手も止み、時が止まったかのように食堂が静まり返る。

冗談だろう――少女たちは錯覚したが、クラウスの真剣な表情が本気と物語っていた。

「え、えぇと」

いち早く混乱から戻ったリリィが手を挙げた。

「部下を労うという話は？」

「朝食を振る舞っただろう」

「買ったというヒレ肉は？」

「僕の今晩用だ」

「わたしたちにかける言葉は？」

「早く訓練を始めろ」

　にべもない言葉に、少女たちの感情が一つになった。

（コイツ、マジかっ！）

　吊《つ》り上がった期待が、ズドンと下落する音が響いた。

　少女たちは手のひらを返して、ブーイングを上げ始めた。最初は「富の不均衡っ！」「ブルジョワ許すまじっ」「共産主義万歳っ！」とバラバラな野次が飛んでいたが、最終的には「肉」で統一された。

　少女たちは再び手拍子と共に喚き始める。

「「「「「にーくっ！　にーくっ！　にーくっ！」」」」」

「うるさい」

　怒られた。

　少女たちはピタッと口を閉じた。

　クラウスが小声で、その妙なコールを気に入るな、とツッコミを入れる。

「……もしステーキが欲しければ、僕と勝負をしないか？」

「勝負？」

「いつもの訓練とは趣向を変えてみようと思ってな。僕に勝てれば、ステーキを食べられる。負けたら罰だ」

ようやくクラウスの意図が見えてきた。

朝食のサービスは、この勝負を持ち掛けるための布石らしい。

「い、いや、それは惹《ひ》かれる提案っすけど……」

控え目な声でサラが眉をひそめた。

「さすがに食べ物で釣るっていう考えは短絡的すぎるような――」

「わたし参加しますっ！」「エルナもなの！」「私も参加だわ」「ボクも参加しようかな」

「……あ、そうっすか」

サラの呆《あき》れ声をかき消すように、続々と参加表明が沸き起こった。

全員がクラウスに胃袋を摑《つか》まれていた。あの風味豊かなドレッシングを味わえば、自然とステーキの味も想像できる。クラウスの提案を断る理性は残っていなかった。

「――極上だ」

この展開を予期していたように、クラウスは立ち上がった。

「安心しろ。僕だって鬼じゃない。お前たちの方が何倍も有利だ」

その突如勃発した対決に異を唱えるものはいなかった。

◇◇◇

勝負の方式は、次の通り。

クラウスと少女たちで、ドアの修繕、大浴場の清掃、廊下の掃き掃除、窓ガラスの補修、窓拭きのスピードを競うというもの。一ラウンドずつ行い、一回でも少女たちが上回れば、彼女たちは見事ステーキを食すことができる。暴力などの妨害行為は禁止。

ルールだけを聞けば、少女たちが大分有利な勝負だった。なにせ八対一なのだから。

「これだって立派な訓練だ。手を抜くな」

工作や潜入捜査に必要なスキルが磨かれるという。

実務的な意図とは関係なく、少女たちの闘志は燃え盛っていた。勝利すれば、最高の肉を食すことができる。クラウスに言われるまでもなく手を抜くはずがない。

第一ラウンドは——外れたドアの修繕。

少女たちとクラウスが暴れ回ったせいで、屋敷《やしき》のいくつかのドアが壊れてしまっている。

ドア枠を新しい木で穴埋めし、新たな蝶番《ちょうつがい》を取りつけなくてはならない。

壊れたドアは二つ。ちょうど並んでいる位置だ。

「人数差を活《い》かすのが鍵っすね」サラは眉をひそめた。「でも、八人という人数を無駄なく統率するのは至難のような……」

そんなサラの不安に応えるように、ティアが余裕を湛《たた》えた笑みを浮かべた。

「あら、私が指揮を執れば完璧に回せるわよ」

サラは、あっ、と納得の声を上げた。

ティアの声には、不思議な魅力がある。雑音だらけの場所でも自然と耳に届くのだ。

「八人だろうと、私なら最大限に活かせる指示を出せる。いくら先生でも勝ち目はないわ」

「さ、さすがっすね」

「そして作戦の詳細は――グレーテ、用意は？」

「はい、既に仕上がっております……」

名前を呼ばれた赤髪の少女が、文書をティアに手渡した。この短時間でびっしりと書き込みがなされていた。

グレーテが計画を担《にな》い、ティアが運用するという分担が既に出来上がっているらしい。

「ふふっ、私たちの力を見せてあげる」

グレーテからの計画書を一目見て、ティアが誇らしげに微笑《ほほえ》む。

頼もしい指揮官に従い、少女たちはドアの前に立った。クラウスは、一つ隣のドアの前でストレッチをしている。

大広間に置かれた振り子時計が大きな鐘を鳴らした。

それが始まりの合図だった。

「ジビアはまず補修部分の長さを測って！」心に直接訴えるようなティアの声。「モニカとリリィは木材を切り分けて！　大まかでいいわよ、サラは仕上げの防腐剤とペンキを――」

「――終わった」

クラウスの声が届いた。

少女たちが活動を始めたタイミングと、ほぼ同時で。

「え……？」

ティアが間抜けな声をあげる。

サラが顔を向けると、クラウスの前には魔法のように綺麗《きれい》に直ったドアがあった。ついさっきまでドア枠ごと破壊されていたのに、その跡さえなくなっている。

「どうやって……？」ティアが呟《つぶや》く。

「木材はのこぎりを使うより、ナイフをガッと刺して適当な動作をした方が早い」

「初手から理解できないんだけど……」

「サイズは目測で精密に把握し、あとは山から下りる冬風のように素早く、壊れたドア枠に嵌《は》めて、蝶番を取りつけ、上からペンキを塗れば終わりだ」

「『目測で精密』ってなにっ⁉」

大事な箇所が全部、抽象的だった。

サラは、改めてクラウスの特性を思い出した。

（――超感覚の天才肌）

クラウスの技能は、ほとんど無意識だ。常人がシャツの着方やボタンのつけ方をうまく言葉で説明できないように、彼は技術を説明できない。少女たちができない神業を、意識せずに習得している。

その結果、指導が恐ろしく下手という欠点を持ち、『僕を襲え』という馬鹿げた訓練を重ねる羽目になっているのだが、それもまた彼の常人離れ具合を表しているだろう。

指導以外、万能。

それが『灯』のボスであるクラウスに下される評価だ。

「ホント、化け物じみているっすね……」

サラはそう愕然《がくぜん》とするしかなかった。

「……そんなぁ」

ティアが情けない声を漏らし、膝から崩れ落ちた。


第二ラウンド——風呂《ふろ》掃除。

普段少女たちが使用する大浴場だ。

掃除当番が時折洗っているが、カビや水垢《みずあか》が溜《た》まり始めている。この大浴場を半分に区切り、どちらが先に清掃を終えるかを競い合うという。

「とりあえず、第一ラウンドの反省だけどさ」

モニカが苛立《いらだ》たし気に鼻を鳴らした。

「まず修繕に八人全員で取り掛かるのが無茶なんだよ。どんなに統率しても、人数が多すぎ。邪魔でしょ？　その問題をどう捉えていたのか、ボクは問い詰めたいね」

モニカが第一ラウンドの中心人物——ティアに視線を向けると、彼女は浴場の端で蹲《うずくま》っていた。「ううう、なんでうまくいかないのよぉ……」と呟き、膝に顔を埋《うず》めている。

ガチな凹《へこ》み方だった。

「その激弱メンタル、なんとかならない？」

「……男に四回ナンパされたら回復する」

「ビッチの精神療法、すごいな」

「……バッグを貢《みつ》いでくれたら一回で十分。花束を贈ってくれたら三回で十分」

「計算問題かよ」

エルナが素早く「五花束、一ナンパで、約二バッグ相当なの」と計算する。

リリィもまた「二花束と三ナンパが大体一緒ですね」とコメントした。

「……そういうこと」

「どういうことだよっ！」

モニカが怒号を飛ばすが、とにかくティアは再起不能らしい。

サラはティアの背中を摩《さす》りつつ、疑問を述べた。

「でも人数を絞って、どうやって戦えば……？　脱落者も出たんすけど――」

「むしろ邪魔が減って都合がいいよ。身体能力が高いメンバーを中心に組もう」

モニカが不遜に鼻を鳴らすと、白髪の少女が反応する。

「つまり――あたしの出番ってことだな？」

ジビアだった。さっそく腕を回して、ストレッチを始めている。

納得の人選だった。身体能力ならば、モニカとジビアが『灯』のツートップである。

モニカが頷《うなず》いた。

「そして、あと一人はクラウスさんを妨害しようか」

「反則っすよねっ？」サラが目を丸くする。

「物理攻撃はね」モニカが指をパチンと鳴らした。「リリィ、よろしく」

リリィが手を上げた。

「あいあいさー。嫌がらせならお任せをっ！」

「……楽しそうな笑顔っすね」

もはやため息をつくしかなかった。

だが、冷静に立ち返れば、モニカの判断が最善と分かる。現実的であり、ルールにギリギリ抵触していない。

直後、開始の合図が鳴り響いた。

サラはジビアと共にブラシを片手に、大浴場の水垢を落としていく。広さから考えて、今回は瞬殺されることはないだろう。床を滑るように移動し、モニカとジビアは次々と床を磨き上げていく。他の少女をはるかに凌《しの》ぐ、凄《すさ》まじいスピードだった。

これなら勝てるかもしれない。

サラの期待が高まる中、ダメ押しと言わんばかりにリリィがクラウスに近づいた。

「へーい、先生。ところで友達います？　いませんよねー。わたしが遊んであげましょうか？　金を払ってくれればいいですよ！　孤独に優しいリリィちゃんですので！　うん？　何も言い返しませんね？　まさか掃除に没頭するフリして悩んでいるんですかぁ？」

傍《そば》で聞くだけのサラでさえ腹が立つ挑発だった。

この手のウザさにかけて、彼女の右に出るものはいない。

しかしクラウスには効いていないようだ。彼がブラシを動かす音は一定だ。

「時にリリィ」落ち着いた彼の声が響いた。「僕に勝ってどうするんだ？」

「ん？」

「僕に勝てば、確かにお前はステーキにありつける。しかし肉は八等分だ。お前が食べられるのは、たった一枚。それで満足できるのか？」

「はん、無駄ですよ。そ、そうやって戦意を削《そ》いでも――」

「僕に寝返ればステーキを独占できる――その発想は頭を過《よ》ぎらなかったか？」

「………………」

ずっと喧《やかま》しかったリリィの声が止まった。

嫌な予感がした。

——八等分と独り占め。どちらが得か。いや、そもそもクラウスに勝つことができるのか。確実に肉を得る選択は何だ？

そんなことを今、リリィは考えているのだろうか。

「賢いお前なら分かるはずだ」

リリィが答えを定めたようだ。

手近のシャワーヘッドを掴《つか》み、蛇口を限界まで捻《ひね》り上げた。

「モニカちゃん、ジビアちゃん！　突然シャワーの水が勝手にいいいいいぃっ！」

そう喚《わめ》き散らし、リリィはモニカたちに冷水を噴射した。

二連敗。

広間には、全身をワイヤーで縛られたリリィ。

そして、彼女の腹にジャブを入れる、ずぶ濡《ぬ》れのモニカの姿があった。

「キミさっ！　ねぇ、キミさっ！　どれだけボクの足をっ！　引っ張ればっ！　気が済むのかなぁっ？　ねぇっ？」

言葉を区切るごとにモニカが拳を繰り出し、その度にリリィがぐふっと唸《うな》る。

サラは激怒するモニカを止めようとしたが、リリィ本人が「拷問には屈しませんっ！」と強気なので放っておいた。最終的にクラウスから「リリィ、さっきの話は嘘《うそ》だ」と告げられると、彼女は「この裏切者《うらぎりもの》めえええぇっ！」と断末魔の絶叫を発した。

「キミが言うなああああああああああっ！」

モニカの拳がもう一発、リリィの腹に突き刺さった。

◇◇◇

しかし、その後も少女たちは連敗を重ねた。

第三ラウンド——掃き掃除。

一度の敗北で心が折れたティア、ずぶ濡れになって着替え中のモニカとジビア、腹部を押さえて蹲るリリィと、なぜか一時脱落者が多い状況で、小さな少女たちが立ち上がった。

「もう、お姉ちゃんたちには任せておけないの」

「俺様、姉貴たちが想像以上にポンコツでガッカリですっ」

エルナとアネットである。

彼女たちがタッグを組んで、掃き掃除に取り組んだ。エルナが軽やかな身のこなしで箒《ほうき》を操り、更に窓から突然入り込んだ突風を読み、クラウスに大量の埃《ほこり》を押し付けることに成功した。しかし、アネットが「俺様、援護しますっ」という声と共に取り出した、特製掃除マシーンが、エルナが追いやった埃により暴走。

なぜかエルナが掃除マシーンに吸われるというハプニングが発生し、敗北した。

「俺様、エルナちゃんが邪魔しなければ勝てたと思いますっ」とアネット。

「どう考えても、お前のせいなのっ‼」とエルナ。

最終的に敗因をお互いに押し付け合う始末だった。

第四ラウンド――窓ガラスの補修。
着替えたモニカがまた優れたスピードと技術で行っていく。激怒した彼女は一切仲間を頼らない戦法を取ったが、一対一ではクラウスに勝てる訳もなく、敗北。

◇◇◇

そして、あっという間に追い詰められた。
最終第五ラウンド――窓拭き。

以前少女たちが煙幕を張ったために、屋敷《やしき》全体の窓が黒ずんでいた。内側のガラスは拭けても、外側の二階の窓は汚れたままで、放置してしまっている。煙幕を外に排出した時に、煤《すす》がついてしまったのだろう。

その二階の窓――合計四十枚をどちらが早く拭けるかの競争だ。

しかし、少女たちの士気は高くない。

――勝ち目が見当たらない。

クラウスが強すぎるのだ。

窓拭きもまた、彼が鍛え上げた超人的なスキルで圧勝するのが目に見えていた。

二階という高さでさえ、彼は物ともしないはずだ。

屋敷の庭で、少女たちは窓を見上げながら憂鬱げな面持ちでいた。

サラもまた絶望的な気分で佇《たたず》んでいた。

(先輩たちでさえ、まるで太刀打ちできないなんて……)

頭脳、身体能力、他者とは一線を画す特殊能力――。

自分より優れた人間の散々な結果に肩を落とす。

(勝つなんてやっぱり無理なんじゃ……)

唯一挫《くじ》ける様子がないのは、リリィくらいだ。

仲間のモチベーションをあげるためか「にーくっ♪　にーくっ♪」とコールを始める。続く人物もいなかったが、やがて始めた本人が「にくっ！」と叫び、力強く締めた。

「さて、どう担当を振り分けましょうか？」

一発逆転の方法を探すため、窓を見上げて唸っている。

その顔つきは真剣そのものであったが――。

「……さっき裏切った人の発言とは思えないっすね」

「そ、それはそれ、これはこれですっ！」

サラの発言にリリィはバタバタと手を振って、誤魔化した。

「――わたしは諦めませんよ。欲しいものをこの手に掴むまで」

良くも悪くも、彼女のメンタルは凄まじい。動機は肉だが。

「問題は水ですよね」リリィがぽつりと呟《つぶや》いた。

「水っすか？」

「だって窓拭きに速さを求めるなら石鹸《せっけん》水、あるいは水ですよ。水を豪快にぶちまけて、汚れを浮かせて、後は水切りワイパーで拭き取れば瞬殺です」

水切りワイパーとは、T字形の掃除用品だ。近年発明された便利道具で、ゴム製のブレードで大抵の汚れを落とすことができる。正式名称はスクイージー。

「けど、二階なので水の運搬が面倒ですよねー。ここは面倒ですが、霧吹きでちまちま表面を濡らしましょうか」

サラは、既に支度を始めているクラウスを確認した。

彼の腰には、大きめの霧吹きがある。どうやら彼も霧吹きを用いる作戦のようだ。

——もし一度に窓を濡らす方法があれば。

脳裏に何かが引っ掛かる。

もっとも簡単なのは、水をバケツに入れてぶちまける方法。しかし、リリィに指摘された通り、二階の窓に正確に当てるには運搬が面倒だ。運搬に人手を割けば、今度は窓を拭く人員が足りなくなる。

(あれ、でも……)

一つ思い至った。

空中であろうと、仲間に水を届ける方法がある。

——自分だけが取れる手段。

サラの思考がまとまりかけた時、スタートの合図がかかった。

仲間は勝機が見えないまま、窓拭きに取り掛かろうとする。

「皆さんっ！」サラが声を張り上げた。「一人一箇所、二階の窓まで上ってくださいっ！」

少女たちは一瞬困惑の表情を浮かべたが、やがてサラの声に従い始めた。壁の凹凸に指先を引っかけ、すいすいと二階まで上がっていく。

その隙に、サラは一階のキッチンに飛び込み、目的のものを手に入れる。

準備は一瞬で終わる。

「コードネーム『草原《そうげん》』――駆け回る時間っす」

そう彼女は意気込んで、ばっと手を上げた。

「バーナード氏っ！　エイデン氏っ！」

彼女の号令と共に放たれたのは、精悍《せいかん》な瞳をした鷹《たか》と、丸く太った鳩《はと》だった。彼らは水が入った缶の持ち手に鉤爪《かぎづめ》を引っかけ、力強く飛翔《ひしょう》していく。

ティアが意図を理解してくれたようだ。「みんなっ！」と必要最低限の言葉を発した。

それだけで少女たちには伝わったようだ。鳥たちから缶を受け取ると、それに入った水を思いっきり窓にぶちまけた。そして、窓の全面を余すところなく濡らし終わると、少女たちは水切りワイパーでキレイに拭きとって行く。

霧吹きよりも断然早く終わる。

少女たちは空き缶を投げ捨てて、次の窓に向かう。

「ジョニー氏っ！」

サラが叫んだ瞬間、一匹の仔犬《こいぬ》が駆け回って、頭に載せた籠で空き缶を瞬《またた》く間に回収し、サラの元に戻ってくる。

まるで自身の手足のように、動物たちを動かしていく。

――調教。

それが、サラに備わった才能だ。人間では不可能な任務を可能にするスキル。

サラは空き缶に再び水を入れて、また鳥たちに手渡し、仲間に届けさせる。キッチンから離れて、庭の状況を確認する。

どうやら少女たちが一歩リードしているようだ。モニカとジビアが持ち前の瞬発力を発揮して、次々と仕上げている。

敵の様子を窺《うかが》うと、窓から窓に移っていくクラウスと視線が合った。

《やるじゃないか》

そう目で訴えている気がした。

もちろん彼の意図は見抜いている。

――用意してくれたのだろう。自分こそが輝ける瞬間を。

完璧な指揮が執れなくても、類まれな身体能力がなくても、挫《くじ》けないメンタルさえもないけれど、それでも自分にしかできないことがある。

「これからっすよ」

クラウスの視線に応えて、彼女は指笛を鳴らした。

◇◇◇

結局、少女たちは敗北した。

「ううう、肉ぅ」リリィが食堂で涙を流した。

「ま、いいんじゃない？　お情けで一枚くれた訳だから」モニカが慰める。

最終ラウンドは惜しいところまでいったが、結局、クラウスが一枚上手だった。超人的な運動能力で窓を拭いていき、一秒差で勝利を収めた。

五戦でもっとも惜しい戦績を認められ、クラウスは一枚だけステーキを焼いてくれた。

三百グラム。

慈悲を感じさせるサイズではあるが、八等分すれば一切れで終わる量。最初リリィは落ち込んでいたが、口に入れた瞬間「うまい、肉っ♪」と感激し、一瞬で機嫌を直した。

ちなみに、クラウスが敗者に下した罰は、残りの屋敷の破損箇所の修復だった。中々に大変な作業を済ませた後の晩餐《ばんさん》だった。

　モニカは欠伸《あくび》をした。

「じゃ、ボクはもう寝ようかな。なんか疲れた」

　片づけを任せて、食堂から立ち去ろうとする。

　その時、サラは立ち上がって、彼女の背中を呼び止めた。

「あのっ、自分から少し提案いいっすか？」

　勇気を出して、声を張る。顔が熱くなってくる。

「やっぱり新しく修繕当番を設けませんか？　それがいいっすよ」

　サラはおずおずと、仲間に視線を投げかけていく。仲間は、普段目立った発言をしないサラの提案を意外に思っているようだ。戸惑いの感情が顔に滲《にじ》んでいる。

　モニカは足を止めて、つまらなそうに眉をひそめた。

「昨日も言ったけど、ボクは反対」

　吐き捨てるような言い方だった。

「二週間後には、命懸けの任務でしょ？　そんな暇あると思う？」

「でも、修繕も立派な訓練っすよ。ターゲットを嵌《は》めるだけがスパイじゃないっす」

「……ただでさえ掃除と食事当番だけで面倒なのに」

「モニカ先輩、現状でも時々サボってるっすよね？」

「…………………」

モニカが口を噤《つぐ》んだ。

ティアとリリィが同時に噴き出した。

「うわ、カッコ悪いわね」「見事に言い負かされましたね」

モニカが二人の胸倉を同時に摑《つか》んで「キミたちが足を引っ張ってなければ、ボクは勝てたんだけど？」と勝負の文句を今さら口にする。三人がひとしきりケンカし、喚《わめ》き合い、一旦場が荒れた後で、サラがまとめるように口にした。

「もちろんモニカ先輩の強さは尊敬してるっすよ」

そのセリフは堂々と言えた。

「でも、当番は当番っす。みんな平等にやりましょう」

周囲の少女たちは、まじまじとサラの姿を見つめてきた。

――サラが積極的に発言している。

そんな驚きが視線に含まれている。

サラは自分の帽子をぎゅっと摑んで、俯《うつむ》いた。

「……と思わなくもないんすけど、や、やっぱり出過ぎた発言だったっすか……？」

「エルナは大賛成なの」

続くように発言したのは、エルナだった。

すると、他の少女たちが拍手を送り始めた。屋敷《やしき》が一通り綺麗《きれい》になって、彼女たちも過ごしやすさを感じていたらしい。サラの発言を受け入れてくれたのだ。

モニカだけはバツの悪そうな顔をしていたが、やがて「善処するよ」とクールに認めた。

◇◇◇

その日の夜、サラが動物小屋に向かうと、思わぬ人物がいた。

「先生」

クラウスだった。

ガス式のランタンを持って、鷹の腹を優しく撫《な》でている。彼の足元には、バケツに入れられた赤身肉があった。

「新鮮な肉が余ったからな。この子たちは食べられるか？」

どうやら振る舞わなかったステーキ肉の余りを持ってきてくれたらしい。

「いいんすか？　自分は嬉《うれ》しいっすけど、先生からすればただの動物じゃあ……」

「今日のＭＶＰは、お前とこの子たちだろう」

サラはクラウスの厚意をありがたく受け取り、ペットたちに与えた。特製の餌以外を食べない鷹を除き、他の動物たちは普段食べられないご馳走《ちそう》を喜んでいるようだった。

もしかしたら、クラウスは最初からペットに振る舞う予定だったのかもしれない。脂肪分が少ないヒレ肉は、動物に振る舞うのに適している部位だ。

クラウスはついばむ動物たちを穏やかな目で見つめている。

「もしかして、先生」

その横顔が、ふとサラは気になった。

「時々ここに来てるんすか？」

「……どうして、そう思う？」

「慣れていますし、エルナ先輩が言っていたんすよ。幽霊を見たって」

最初は、てっきり自分のことかと思ったが、『長く伸びた影』という表現が気になった。

もちろんサラの身長でも、光の角度によっては影が伸びるが——。

「僕は動物が好きなのさ」

クラウスはあっさり認めた。

「なんだか意外っす」サラは笑った。「第一印象では、もう少し冷たい人かと」

「昨日も言っただろう。人には色んな側面がある」

「そうっすね……」

「サラ、お前はもっと積極的になっていい。確かに今は、他に後れを感じることもあるだろう。けれど、お前の能力やメンタリティが輝く時は今後も多くあるはずだ」

クラウスはこれを伝えたかったのだろう。

訓練と称して、わざわざ自分が活躍しやすい状況を用意してくれた。ただの励ましの言葉よりも、明確な示し方だった。

――だから、自分は堂々と意見を主張できたのだ。

サラは心臓がトクンと高鳴る音を感じた。

「了解っす」

「――極上だ」

クラウスは頷《うなず》いた。

大事な用件は終わったというように、クラウスは新たなヒレ肉を摑んだ。黒い仔犬の前に置くと、彼は夢中になって齧《かじ》りだした。

「特に、この子が可愛《かわい》いな」

　クラウスが静かに呟《つぶや》いた。

　どうやらお気に入りらしい。

「ジョニー氏っすよ。生まれた頃は噛《か》みつき癖がありましたけど、最近はすっかり大人しくなって、人を噛んだ事なんて……一度しかないっすよ」

「一度あるのか」

「エルナ先輩の手を少々」

「彼女らしいな」

　クラウスは目を細めて、仔犬の喉元を撫でた。

「だとしたら、僕なら問題はないな。動物の扱いには慣れて――」

　がぶっ、と。

　仔犬がクラウスの手に――思いっきり噛みついた。

「「………………」」

　二人同時に沈黙する。

　あらゆるものが停止したような錯覚に陥る――が、やがて目の前の状況を理解したサラは血の気が引いた。

「す、すみま――」

「謝ることはない。友好のサインだろう」

吐責を覚悟したが、クラウスは平然としていた。

表情がピクリとも動かない。

「え、いや、ですが……」

今も尚《なお》、仔犬《こいぬ》はクラウスの手を噛み続けている。甘噛みだろうと、尖《とが》った歯は彼の皮膚に突き刺さっているはずだ。

クラウスは淡々と言った。

「この僕が失敗をすると思うか？　じゃれ合いの一種だ」

「もちろん失敗しないとは思うんすけど……」

しかし、噛まれている現状には変わりない。

サラは恐る恐る尋ねた。

「……あの、もしかして強がってます？」

「そんなこ、とはない」

「今痛みを堪《こら》えたっすよねっ？」

「いいや。痛くもなんと、もない」

「不自然な区切り方っ！」

それどころではないことは明白だが、胸のうちから笑いがこみ上げてくる。

またクラウスの思わぬ一面が見られた。

彼の言う通りだ。人の評価は一面では決まらない。タイミングと状況によって、いくつも違う面を見せる。世界最強のスパイが、犬に噛まれ、必死に強がる時もある。

だとしたら、自分が大活躍できる瞬間だってくるはずだ。

犬一匹調教できない未熟なスパイだって、いつの日か──。

その微《かす》かな希望を感じながら、サラは慌てて仔犬を引き剝がした。

# 間章　インターバル①

ジビアとサラは語り終える。

二人ともがクラウスとのエピソードをしっかりと語った。もちろん、そこには彼女らなりの脚色や誤魔化しは含まれていたが、概《おおむ》ねは真実を述べた。

――訓練を通して、クラウスと信頼関係を築き上げていった話。

ジビアが恥ずかしそうに手を振る。

「つぅか、思い出せよ。あたしの時は、全部会話を盗聴していただろ？　偽装結婚の話なんてしてねぇって」

サラもまた顔を真っ赤にさせて弁明する。

「じ、自分もけ、結婚なんて無理っすよ。もっと相応《ふさわ》しい人がいるっす！」

二人の証言には、嘘《うそ》らしい嘘は見られなかった。《花嫁》の姿は見えてこない。

少女たちは「うぅむ」と唸《うな》るしかなかった。

◇◇◇

一方その頃、クラウスは広間そばの廊下を通りがかっていた。

扉の隙間からは、室内の光景が見えていた。丸いテーブルを囲んで、少女たちが激論を交わしている。その声には熱が籠っていて、彼女たちの真剣さが伝わってくる。

（アイツらは何をやっているんだ……）

予想はしていたが、結局、《花嫁》を暴こうと試みているらしい。

訓練をしろ、とクラウスは声をかけようと思い――寸前で止めた。

（いや、過酷な任務を生き抜いた後だ。これくらい許してやるべきか）

青春でも謳歌《おうか》したらどうだ、と口にしたのは自分なのだ。ならば好きにさせたらいい。

夢中になっている彼女たちに水を差すのも憚られた。

クラウスは少女たちの顔をこっそりと見つめる。

（……もしかしたら、僕は彼女たちから多くのものを奪ってしまったのかもしれない）

彼が少女たちを『灯《ともしび》』に選抜しなければ、彼女たちは養成学校で生活できていたのだ。命懸けの任務には挑まず、同輩と日夜を共にし、ゆっくり訓練を積むことができた。落ちこぼれと言えど、友人が一人もいなかった訳ではないだろう。

（しばらくは、こんな時間を与えてやろう。当面、任務は僕一人で挑めばいいんだ）

そう納得し、クラウスは新たな任務に向け、玄関を飛び出した。

◇◇◇

《花嫁》裁判は続く――。

ジビアとサラが容疑者から外れた今、次は誰を疑うべきなのか。

「……次に投票数が多かったのは、リリィさんとモニカさんですね」

グレーテの言葉に、少女たちは腕を組んで思い悩む。

途中、ティアが「……そういえば、誰も私が《花嫁》とは疑わないのよね。どうしてかしら？」と発言し、アネットに「クラウスの兄貴は、ティアの姉貴が苦手ですからね」と指摘されて「そうなのっ？」と驚いているが、耳を貸す必要はないだろう。

少女たちは考え始める。

確かに、クラウスとリリィの間には、一定の信頼関係があるように思える。だが、スパイとしての実力に不安が残るリリィを、クラウスが任務に連れていくとは考えにくい。

やがて少女たちの視線は、モニカ一人に集まった。

「ボク？　正気？」

モニカは口元を歪《ゆが》めた。冷笑を見せる。

「そんな訳ないじゃん。ボク、クラウスさんと仲良くないしね」

「でも」リリィが発言する。「モニカちゃんは、帝国では単独行動していましたよね？」

一度生まれた疑惑に、もっともらしい疑惑が重ねられていく。テーブルには更なる緊張の空気が満たされていった。

モニカはため息をついた。

「わかったよ、次はボクが語る。ただ一個、振り返りたい事件がある」

「事件？」とリリィ。

「ミートパイ屋の騒動。言ってみれば、グレーテの恋路を応援するような騒動だったろう？　その時に不審な人物はいなかったか、確認できないかな？」

あぁ、と少女たちから納得の息が漏れた。確かにミートパイ屋の事件は、グレーテの恋心と関係するものだ。もし《花嫁》がクラウスに仄《ほの》かな恋心を抱いているならば、何か不審な動きをしたかもしれない。

やがてモニカが語りだしていく。

《花嫁》を巡る議論は、次のエピソードへ。

# 3章　case モニカ

――一か月の訓練を経て、『灯《ともしび》』の不可能任務は始まった。

少女たちはガルガド帝国の地に潜入し、忍び込む研究所の情報を集めていく。

ティアとグレーテは後方での情報整理を担《にな》っていた。クラウスが定めた方針をもとに計画を練り上げる。人手が足りない時は、彼女たち自身もターゲットに近づいた。

「いい？ グレーテ。男性を籠絡《ろうらく》する手っ取り早い方法は、まずボディタッチよ」

「……今日、ティアさんが実践した手段ですね。勉強になります」

などと奇妙な師弟関係を築きながら。

ジビアとリリィは伝えられた任務を次々とこなしていった。エンディ研究所に勤める事務員から財布を盗む、脅迫するために薬物の売人からリストを掠《かす》めとる、卸業者の事務所に潜入して研究所内の物品購入予定を知る――挙げていけば、キリがない。

「って、これってわたしたちが一番大変じゃないですかっ？」と悲鳴をあげるリリィ。

「いや、あたしら二人に回ってくるのは実行班全体の半分らしいぞ」と呟《つぶや》くジビア。

クタクタになりながら二人は帝国中を回っていた。

サラ、アネット、エルナは他班の補助を担っていた。

彼女たちも多くの仕事をこなしていた。

財布に擬態できる武器を作ってほしい、ネズミを使って事務所から人を追い出してほしい、トラブルを起こして時間稼ぎをしてほしい、といった依頼を完遂していく。

「完成、俺様特製ゴムボールですっ。エルナちゃんで実験しますっ！」

「の、のおっ？　鈍い音を立てて、気持ち悪いくらいに弾むのっ⁉　危ないの！」

「指示書通り鉄仕込《じこ》みっすね。じゃあ、発送するっす。お二人は休憩してください」

精神的に未熟なアネットとエルナを、サラがうまくまとめる。

不安定な問題児の面倒をみることは、サラにしかできない重要な役目の一つだった。

しかし、全てが順調に行った訳ではない。

初めての実戦の場にミスを重ねる者はいた。のしかかる緊張のせいで、手足が震える者もいた。一歩間違えば、警察に拘束され、そのまま帝国陸軍や防諜《ぼうちょう》機関に引き渡される。捕まったスパイは拷問の果てに殺される。その想像に震える少女も多くいた。

もちろん、その都度クラウスがフォローする。

しかし、少女は八人。彼一人ではカバーしきれない部分も生まれてくる。養成学校の落ちこぼれが、たった一か月で名スパイまで成長することなどありえない。

チームを支えたのは――『灯』で群を抜いた天才の存在だった。

◇◇◇

ガルガド帝国首都のビジネスホテルにて、グレーテは目を丸くしていた。

「……本気ですか？」

この時の彼女は、男性技師に変装していた。部屋のラジオを修理するという体《てい》で、仲間が宿泊する施設に潜入している。変装を得意とするグレーテは、いくつもの人間の顔を使い分け、チームの連絡係を担っていた。

彼女が驚愕《きょうがく》したのは、この部屋の宿泊者であるモニカに対してだった。

「……念のため、もう一度言いますが」

グレーテは伝える。

「このミッションは、不可能任務全体の成否を分ける大事なものです。そして、ボスもかなりの危険を伴うと予測しています。特殊班のメンバーを全員、連れていくべきです。可能ならばボスもサポートに来てくれます」

潜入任務も半ばとなり、狙いであるエンディ研究所の全体像も次第に見えてきたところだ。攻略する上で狙うべきターゲットもとうとう判明した。

その人物を攻略しなくては研究所に忍び込むこともできない。

また、グレーテがこのミッションを気に掛けるのは任務の重要性だけでない。ボスであるクラウス自身が「危険」と判断したのだ。その言葉は「足元に溜《た》まる毒ガスのような危うさがある」と抽象的な表現だったが、聞き流す訳にはいかないだろう。

しかし、その事実に対するモニカの反応はあっさりしていた。

「うん、ボク一人で十分」

モニカはベッドに寝転がったまま、同じセリフを告げる。

「アネットから道具を受け取ったから、もうサポートなんていらないや。クラウスさんの支援も他に回していいよ」

「――っ」

グレーテは愕然とするしかなかった。

モニカの声は、自信に満ち溢《あふ》れている。虚勢ではないだろう。

他の仲間とは明らかに異なる。モニカを除いたメンバーは、みな憔悴《しょうすい》している。養成学校で底辺だった少女たちの初任務なのだ。無理もない。クラウスや仲間と行動したいというのが当然で、それを情報班に伝える者も多い。

余裕を見せているのは——底無しの精神力を持ったリリィを除けば——モニカだけだ。

「もし余剰があるなら、他に回してやりなよ。このままだとリリィあたりがバカなことを言いだすよ。『皆さんが疲れているので、決起会を開きましょう！』とか」

「………………」

「いや、さすがにあのバカでも、そんなふざけた提案はしないか」

モニカの軽口に、グレーテはピクリとも笑わなかった。

代わりに小さく首を横に振る。

「ですが、モニカさん。いくらアナタでも——」

「しつこいよ。ボクが余裕と言えば、余裕なんだ」

モニカは冷たい目をしていた。

「じゃ、サクッとこなしておくね。また二日後に来てくれる？」

一方的に会話を打ち切り、モニカはベッドサイドチェストに置いた本を手に取った。帝国の純文学小説だった。アロマキャンドルに火を灯《とも》し、楽な姿勢になる。

不思議そうにグレーテが尋ねた。

「……モニカさんは」

「ん？」

「どうして養成学校で落ちこぼれたのですか？」

モニカが無言で見つめ返すと、グレーテが説明を始めた。

「以前、語っていましたね。『試験では手を抜いていた』と。なぜこれほどの実力と自信がありながら、そんな真似《まね》を？」

「限界が見えたから――」モニカが笑った。

「え？」

「――って答えたら、信じる？」

グレーテは返答に困るように沈黙した。

モニカは肩をすくめた。

「冗談だよ。ただ面倒になったんだ。急いで卒業しなくてもいいってね」

それが嘘《うそ》であることは察せられた。

煙《けむ》に巻くような態度に、グレーテはそれ以上追及できなかった。

これまで一か月以上、モニカと一つ屋根の下で生活を送ってきたが、彼女が本心らしい本心を見せたことは一度もない。

「グレーテ」

去り際《ぎわ》、モニカが声をかけてきた。

「心配しなくていいよ。万が一危険だったら、さっさと諦めるから」

グレーテには、その奥にある彼女の本心が分からなかった。

◇◇◇

グレーテから任務を授けられた翌朝、モニカは首都郊外の団地にいた。

帝国の首都は盆地にあった。学校や会社は首都中央に集中し、都民はそれを取り巻く高台に暮らしている。郊外には戦前から作られた公営団地があり、八階建ての棟が何十と並んでいた。二千人以上の人間が暮らす巨大な集合住宅だ。ここで暮らす人々は日々バスと地下鉄で首都の中心部と行き来する。

朝、モニカはその団地の一角に潜み、人の出入りを監視していた。

幸い、退屈そうにたむろしている若者が多くいた。学校に通っていないティーンエージャーたち。その一人に溶け込むように、モニカはベンチに座り込み、朝食のサンドイッチとコーヒーを摂《と》っていた。

するとで居住棟から子供たちの大声が聞こえてきた。

「このチビがっ」「おれたちに逆らうんじゃねぇっ」「生意気を言うなっ」

どうやらイジメが起きているらしい。

モニカは立ち上がり、声がする方向へ近づいていった。

イジメは三対一で行われていた。建物の間で九歳くらいの小柄な男の子が、体格のいい少年に囲まれている。男の子は抱えるように弁当箱を持っていた。それを空腹の少年たちに狙われているらしい。

その男の子の顔を確認し、モニカは声をかけた。

「おいおい、ダメだろう。三対一なんて」

少年たちは一斉にモニカを見た。モニカより少し年下。十四、五歳か。薄汚れたシャツと煤《すす》けた綿ズボンという出《い》で立ち。あまり育ちは良くなさそうだ。

「よくないね」モニカは笑顔で接する。「空腹は同情するけど、それは正しくない」

「あぁっ？　なんだ、ねーちゃん。いきなり――」

「黙れ」

少年の言葉が止まった。

モニカが握り込んでいた石を投げたためだ――五個同時に。

「え……」少年が唖然《あぜん》と口を開ける。

コインほどの大きさの石は、まるで散弾銃のように少年たちに襲い掛かった。

しかし、一個も当たらない。耳の横、股の間、わきの下。小石はまるですり抜けるように、少年たちの身体《からだ》の横を通過した。

「優しく説教する義理はないよ」モニカは地面に落ちた石を拾う。「次は当てる」

ひっ、と小さな悲鳴を発して、少年たちは涙目になって逃走する。

後には、イジメられていた男の子が残された。

分厚いメガネをかけた栗色《くりいろ》の髪の子だ。オーシャンブルーの綺麗《きれい》なブレザーの制服を纏《まと》っている。突然現れたモニカに目を白黒させ、うわ言のように「あ、ありがとうございます……」と呟いた。いまだ現実を受け止められないようで、次の言葉が出てこない。

「呆然《ぼうぜん》としているのはいいけど」

モニカは握った石を捨てた。

「スクールバス、もう行っちゃったよ」

「あ……」

赤い私立校のバスが通りを抜けていった。

モニカは笑顔を向けた。

「いいよ、ボクが送ってあげる」

「え、そんな……一人でも行けます」

「遅刻の事情を説明してあげるよ、先生に怒られたくないだろう？」

男の子の腕を摑《つか》んで、強引に誘導した。彼も最初は狼狽《ろうばい》していたようだが、『先生に怒られる』という文句が効いたらしく、大人しくついてきた。

少年は、マテルと名乗った。

終始緊張している彼に、モニカはできるだけ穏やかに世間話をした。祖母を見舞うため団地に来たと嘘を並べる。時折ジョークを挟むと、次第にマテルは笑うようになった。

「あのっ！」

肩の力が抜ける頃、マテルは大声をあげた。

「さっきのは、超能力ですか？　石をいっぺんに投げたやつです」

「まさか」

軽くあしらう。

その淡々とした答えが、よりマテルの関心を誘ったらしい。

「石投げの技術、僕に教えてくださいっ」

「ん？」

「僕も、強くなりたいんですっ。いつか帝国陸軍の兵士になりたくて」

マテルはまるで英雄を見るようなキラキラした目で、見つめてくる。

モニカは少し悩む素振りをした。

「うーん……ま、いいか。じゃあ放課後に教えてあげるよ」

マテルが嬉《うれ》しそうに拳を握った。モニカのことを師匠と呼び、学校のことを聞いてもいないのに教えてくれる。はいはい、と適当に相槌《あいづち》を打った。

そのまま二人仲良く歩き、モニカは学校までマテルを送り届けた。

無論モニカがマテルを救ったのは、優しさではない。

マテルは今回のターゲットの息子――彼を助けたのは、それだけが理由だ。

◇◇◇

『ヨルダン＝キュプカという電気工事士から情報を聞き出してください』

グレーテから告げられた依頼だった。

『ミッションには、彼が持つ情報が不可欠となります』

少女たちの目的は、エンディ研究所と呼ばれる施設への潜入。そのために地図や警備の情報を得る必要がある。

グレーテが目をつけたのは、研究所に頻繁に出入りする工事関係者だ。固い守秘義務がある研究者ではなく、外部の業者から情報を得るという。配電盤のメンテナンスや電気の点検を行う業者ならば、研究所内部の様子も詳しいはずだ、と。

ヨルダン＝キュプカは、もっとも出入りする現担当者。

モニカは彼と接触するため、息子であるマテル＝キュプカを籠絡《ろうらく》することにした。

◇◇◇

マテルを送り届けたあと、モニカは一人で路地に向かった。

街の一角には、建築途中のビルがあった。まだ三階部分までの鉄骨しか出来上がっていない。立ち入り禁止の看板が立てられて、一帯はチェーンで封鎖されている。

モニカはそのチェーンを跨《また》ぎ、工事現場に入っていった。

幸い、人影はない。今日は施工《せこう》の予定はないようだ。

誰もいないことを確認すると、モニカは背後を振り返った。

「……ねぇ、尾行がバレバレなんだけど？」

建物の陰に向かって彼女は言葉をかける。

「ボクがマテルを送っている途中から、後を尾《つ》けていたよね？　ゲボダサ紺スカーフのババア。何の用？　誰に雇われた？」

静寂は一瞬。

相手はモニカを消すことに決めたらしい。手押し車を押している老女だった。彼女は建物の陰から飛び出し、「消えなっ！」と手押し車から自動式拳銃を取り出した。その容姿からは六十を超えているだろうが、若者に後れをとらないほど俊敏だ。

モニカは鉄骨に身を隠しながら、状況を判断する。

（……ボクの行動にミスはなかった。このババアが尾行していたのは、ボクじゃなくマテルか。で、近づいたボクに興味を持ったってとこか）

老女の目的や雇い主は謎だ。

だが、そんなものは捕まえて吐かせればいいだけの話。

老女はモニカが潜む鉄骨めがけて拳銃を乱射している。

手押し車には大量の火器が積まれているらしい。弾が切れた途端、すかさず新たな拳銃を手に構える。たった一人を殺しきるまで、圧倒的な火力で押し切る暗殺者か。

「さぁ、いつまで隠れているつもりかね？　このまま徐々に――」

「隠れたままで十分」煽《あお》る老女にモニカは冷たく告げる。「キミの姿は見えてるしね」

本来ならば鉄骨に阻《はば》まれ、直接視認できない立ち位置で彼女は笑ってみせる。そして懐《ふところ》から取り出したのは、ゴムボール。

アネットが作製してくれた投擲《とうてき》武器だ。

「教えてやる――この世には、絶対勝てない怪物が存在するんだよ」

モニカは鉄骨の陰に隠れたまま、全力投球。

その技術は、まさに神業だった。

投げられたボールは鉄骨の間を何度も跳ね返り、やがて老女の顔面を打ち抜いた。

◇◇◇

老女を圧倒したが、大した情報を得られなかった。

何かしらの洗脳を受けていたらしく、うわ言を呟《つぶや》くだけだ。モニカは老女の写真を撮り、フィルムを情報班に速達で郵送した。老女の正体は彼女たちが暴いてくれるだろう。

現状、言えることは一つだけ。

──何かしらのトラブルをマテルの家庭は抱えている。

（あの高火力ババアが素人《しろうと》の訳がない。背後に組織があるんだろう）

しかし、それを予想しても、さほど焦《あせ》りはなかった。

（ま、こんなザコを寄越すレベルなら、大した組織ではないかな）

そうモニカは判断する。

方針は当初と変わらない──マテルと繋《つな》がり、父親ヨルダンから情報を聞き出す。


「やぁ、マテル。約束通り、お姉さんが会いに来たよ」

「師匠っ」

夕方頃、モニカは再び団地に戻り、マテルと合流した。

団地内の公園で、彼に石投げを教える。拾った石を空き缶に投げるだけだが、マテルは熱心に取り組んでいた。モニカは師匠面《づら》して、時折手本を見せるだけ。それでマテルは大きく感動してくれるから扱いやすい。

彼曰《いわ》く、修行らしい。額から汗を流し、ひたむきに取り組んでいる。なんで男の子というのは「修行」やら「秘密の特訓」という言葉が好きなのだろうか。

熱心に取り組んでいる理由を尋ねると、興奮した様子で答えてくれた。

「軍人になるためです」

マテルの瞳は輝いていた。

「学校で教わりました。軍人はとても偉く、立派な職業です。僕が生まれる前には、連合国と勇敢に戦ったと。次の戦争は僕も兵隊として戦いますっ。それが僕の夢です」

マテルの受け答えが妙にハキハキしているのは、軍人の真似《まね》らしい。

ふぅん、とモニカは適当に相槌を打つ。

帝国の軍人に国土を蹂躙《じゅうりん》された共和国生まれのモニカにとっては複雑な気持ちだった。女子供を容赦なく虐殺した奴《やつ》らが勇敢なものか。言いたいことは山ほどあるが、純粋な子供に言い聞かせたところで詮もない。

「師匠の夢はなんですか？」

モニカが考え事に耽《ふけ》っていると、突然質問が飛んできた。

「僕、気になります。師匠は何を目指しているんですか？」

「ん、夢？　ないよ」

「えっ、ないんですかっ？」

意外そうにマテルは目を丸くした。

モニカは頭を掻《か》いた。

それはそうか。初等学校の生徒は、将来の夢を作文に書かされるものだ。

モニカはスパイの養成学校に入る前、一般の初等学校に通っていた。夢や目標というテーマは、彼女の苦手分野だ。

「ねぇ、夢が素晴らしいと思う？」

モニカは冷めた口調で問いかける。

「え……違うんですか？」マテルは眉をひそめる。

「じゃあ、質問。もしキミにサッカー選手の才能があって、世界一のトッププレイヤーになれるとしても、キミは軍人を目指す？」

帝国では戦前からプロリーグが発足しており、サッカー選手はいまや子供の憧れだ。国民は試合の日はテレビが設置されたパブに集まり、シュートの度に熱狂している。

マテルは唸《うな》り始めた。

「それは……ちょっと悩むかもしれません」

「じゃあ、世界一の映画スターになれるとしても、キミは軍人になる？」

「映画スター……」

「目をみはるような大金に囲まれて、女の子にはモテモテで、毎日ご馳走《ちそう》を食べられる。その生活を捨てて、キミは厳しくて臭い陸軍の宿舎に行くの？」

「う、それも悩むかもですね……」

「逆に、陸軍学校に入って年中ビリの底辺になるとしても、キミは軍人を目指す？」

「………」

マテルは完全に黙ってしまった。

モニカの伝えたいことが理解できたのだろう。

モニカは冷笑を浮かべた。

「残り物なんだよ」

「人はね、できそうなものとできないものを選《え》り分けて、残った一番上等なものを『夢』と呼び、大切にしているだけ。そう大したものじゃないんだ」

結局、人間が持てるのは、金銭欲求、承認欲求、社会貢献欲求、性的欲求などの欲望だ。職業は手段でしかない。それを『夢』や『野望』などと呼んで神聖視するなど馬鹿らしい。

それがモニカの哲学だった。

「………」

マテルは唖然《あぜん》としている。

今まで思いもしなかったのだろう。まるで地図を失った迷子のように立ち尽くしている。

モニカは苦笑した。

我に返ったのだ。ターゲットの息子に、人生論を説くのも変な話だ。

「ねぇ、そろそろ喉が渇いたな。キミの家で、お水くらい出してよ」

そう話題を逸《そ》らした。

◇◇◇

情熱というものが、モニカには欠落している。

モニカは芸術で財を成した家に生まれた。父親は画家、母親は音楽家。兄や姉は才能を受け継ぎ、芸術家を目指している。世界大戦中は家族全員で別大陸に疎開し、芸術の研鑽《けんさん》に努めた。高みを目指し、日々世の『美しさ』について議論を交わす。

モニカはその家族に馴染《なじ》めなかった。

芸術の感性は、長男長女が受け継いだところで途絶えたようだ。末娘である彼女は、芸術に惹《ひ》かれなかった。適当に絵を描けば褒めてくれる。楽器を弾けば、一定の評価を得る。が、至極どうでもいい。

「お前の演奏や絵画は、ただ器用なだけだな……精密なだけで魅力がない」

気の毒そうに父親に告げられた。

「お前が輝ける仕事は、別にあるんじゃないのか」

その言葉が、十三歳の彼女の耳に響いた。

——自身がもっと自分らしくいられる場所。

スパイという生き方を選んだのは直感だった。親の人脈を借り、スパイ養成学校に所属した。入学試験は難なく突破できた。

実際その選択は間違っていなかったように思える。

入学直後、モニカは同期で最優秀の成績を収めた。数発撃っただけで拳銃の感覚は摑《つか》めたし、三つのラジオから同時に流れる別々の言語を記憶し、それをミス一つなく暗号に変換して打電することもできた。百キロの道のりを歩き続けたのちに、二十メートル以上の建物の壁を素手で登り、七階の窓から内部へ潜入できた。

——自身は、スパイとして活躍するために生まれてきたのだ。

そうモニカが確信を抱くのに時間はかからなかった。自然と訓練に身が入った。

「ん、んー？　成績優秀者というのはこんなものか。驚いた。すごく弱いじゃないか！」

だが、その自惚《うぬぼ》れは完膚なきまでに砕かれることになる。

各学校の成績優秀者を集めた特別合同演習——その日、モニカは現実を知る。

課題はシンプルだった。一人の女性試験官が守る、コードブックを盗むだけ。周囲は、入学当初のモニカよりも優れた実力を持つ上級生ばかり。楽勝に思われた。

しかし失敗した。

全滅したのだ。モニカ以外の上級生は、一人残らず気絶させられた。

唯一残ったモニカは唖然として、女性試験官を見つめるしかなかった。

「ビックリだね。これは、今回も合格者はゼロ名とみた！　男子校ではギードさんが選抜しているというが、あの人は、ワタシ以上に厳しいのだよ」

二十名の成績優秀者を壊滅させた、その女性試験官は、汗一つかいていなかった。

そして、最後の一人となったモニカに笑みを見せる。

「あ、蒼銀髪《あおぎんぱつ》のキミ、帰っていいよ？　聞いているよ、入学二か月でこの訓練に参加した、将来有望のルーキー君。それは誇っていい。でも、今のキミの実力では論外なのだよ」

女性はモニカの肩を叩《たた》いて、通り過ぎていった。

「覚えておくといい。心に炎を灯《とも》せない奴は――この世界ではゴミだ」

――モニカは知らない。

その女性こそが『焔《ほむら》』の一人にして、クラウスの姉貴分。『煽惑《せんわく》』のハイジだと。

特別合同演習という建前で行われたのは、『焔』の選抜試験だったことを。

ただモニカは見えてしまった――どれだけ努力しても届かない高み。

その日から彼女は手を抜くようになった。

◇◇◇

団地の部屋で、マテルはモニカにミネラルウォーターを振る舞い、自身も勢いよくコップ一杯の水をあおった。そして、すぐにウトウトとしだす。

「師匠、すみません……少し眠くなりました」

律儀《りちぎ》に謝り、近くのソファに座って舟をこぎだした。肩をそっと押すと、コテンと横に倒れた。グラスにこっそり投げ入れた睡眠薬が効いたようだ。

「安心しなよ。そんな強力な薬じゃない」

部屋にはマテルしかいない。母親は離婚しており、父親は就業中。父の帰宅時間はマテルから聞いている。部屋を物色するチャンスだ。この団地はいわゆる2ＬＤＫ。ダイニングキッチンと二つの寝室があった。

父親の寝室に迷わず入り、書類棚を開けていく。

（強請《ゆす》りのネタくらい見つけておこうかな）

エンディ研究所の配電図でも見つかれば楽だが、さすがにその保管場所は職場か、研究所内の事務室だろう。必要なのは、それを盗み取らせる脅迫の材料だ。

（最悪、息子を人質にとって、情報を聞き出せばいいけど）

その手段が円滑に行えるように、既にマテルを手懐《てなず》けてある。部屋のアルバムを捲《めく》れば、父親が息子を溺愛している事実は分かった。気は進まないがマテルを誘拐さえすれば、ターゲットは意のままに動かせるだろう。

テーブルチェストの引き出しを開けた時、モニカは首を傾《かし》げた。

（……二重底？）

引き出しの底が僅かに浮いている。

なぜ、こんな仕掛けが一般家庭に？

底を取り払い、中身を確認した。現れたのは一冊のノートだった。

それを捲ると、モニカは思わず頬を緩めていた。

――ターゲットはとんでもない秘密を抱えていた。

予定を変更する。モニカは寝室から離れなかった。扉の陰に隠れて待ち続ける。

マテルの父親は、一時間後に戻ってきた。

ヨルダン＝キュプカ。小さな電気工事店に勤める従業員。生真面目《きまじめ》そうな細身の男だ。

彼は眠りこけるマテルに毛布をかけてやると、ネクタイを緩めて、寝室に入ってくる。

「動くな。振り向くな。両手をあげろ」

その背中に、モニカは銃口を突きつけた。

「なっ」

さすがにヨルダンは驚愕《きょうがく》の反応を見せた。身体《からだ》を震わせる。反射的に振り向こうとした顔に、銃口を押し当て、再度「だから振り向くなって」と念を押す。

ヨルダンは青ざめた顔で、両手をあげた。

「……ご、強盗ですか？」

「そんな野蛮なものじゃない」モニカは後ろ手で寝室の扉を閉めた。「見させてもらったよ、二重底」

「あれを……」

「随分素敵なものを用意しているね」

ヨルダンの背中が小刻みに震えだした。モニカには見えないが、その表情は今にも泣きそうになっているに違いない。

たっぷり脅した後で、モニカは告げることにした。

「安心しなよ、ボクはアナタの味方だ」

「えっ」

「帝国を捨てたいんでしょう？　ボクはディン共和国のスパイだ」

そう、二重底にあったのは――祖国の非道な研究の告発文。

彼は帝国の侵略主義を憎む、いわば、モニカたち『灯』の同志だった。

後ろを振り向かせないまま、ヨルダンに事情を喋《しゃべ》らせた。

彼は語る――世界大戦でのガルガド帝国の侵略行為は看過できるものではない。敗戦後、表向きの安保条約を結んでいるが、国民はいまだ連合国を憎悪《ぞうお》しており、陸軍は陰で戦争の準備に勤《いそ》しんでいる。このままでは再び侵略戦争が起きる、と。

「自分は祖国に見切りをつけました。あの研究所では、いまだに死刑囚を用いた人体実験が行われている……電気の点検作業中、自分は知ってしまったのです」

ヨルダンはその機密情報を、二重底のノートに綴《つづ》っていた。

いつの日にか他国の記者に渡し、帝国の陰謀を知らしめるために。

「その割には、アンタの息子は愛国心に溢《あふ》れているね」

モニカは皮肉を言った。

ヨルダンは深いため息をついた。

「学校教育のせいでしょうね。教師は世界大戦の敗戦を、連合国の卑怯《ひきょう》な策略によって負けたと教え込んでいる」

「ふぅん。ま、戦争の善悪なんか知ったこっちゃないけどね」

「そうですね。私だって祖国のために亡《な》くなった軍人を悪く言いたくありません。しかし、あの戦争でディン共和国は紛れもない被害国だった。そう感じます」

共和国は、帝国の通り道という理由で侵略された。

ヨルダンは頷《うなず》く。

「アナタがディン共和国のスパイならば、私にとっても願ってもないことです。研究所を調べているのでしょう？　喜んで協力します」

「話が早くて助かるよ」

「私もこの日をずっと待ち望んでいました」

モニカはヨルダンから受け取ったノートを確認して、満足していた。

彼の言葉に嘘《うそ》はない。日づけと共に、研究所で聞いた噂話《うわさばなし》、配電盤に仕掛けたレコーダーの書き起こし、盗み見た研究資料、帝国に対する罵詈雑言《ばりぞうごん》まで記されている。

長年積み重なった帝国への不信感の結果だ。もはや彼自身がスパイだろう。

（これで仕事は完了か。なんだ、あっけないほどに簡単だね）

説得や脅迫さえ必要ない。楽勝な部類だ。

ヨルダンは日々の記録を細かくまとめている。追加で質問する必要もない。素人《しろうと》とは思えない情報量だ。

（ん、いや――？）

しかし、モニカの思考が引っかかった。

――記述が多すぎる？

その違和感を摑《つか》んだ時、モニカは息を吞《の》んだ。

「ねぇ、ヨルダンさん。ちょっと確認していい？」

「なんでしょう？」

「これだけの情報を盗み出すにあたって——誰にも疑われなかった？」

「え……」

ヨルダンは呆《ほう》ける。まるで考えもしなかったというように。

舌打ちを堪《こら》える。やはり素人だ。リスクを忘れている。

もしヨルダンの不審な行動に気づく者が現れたら——。

帝国の秘密警察が動くだろう。防諜《ぼうちょう》の専門家が出る。ヨルダンの周囲を漁《あさ》るはずだ。どこから探る？　モニカと同じように、子供に近づくかもしれない。

「——あの老女か」

モニカは目を見開く。

「老女？」ヨルダンが聞き返してくる。

「もうマークされているんだよ、キミは！」

あの老女が秘密警察ならば、彼らは既にヨルダンに近づいていることになる。

直後、玄関からバキバキと木が割れる音が聞こえてきた。団地の扉が壊されたのか。かなり荒っぽい手段で、何者かが訪れた。

直後マテルの叫び声が聞こえた。物音に飛び起きたらしい。

「マテルっ！　どうしたあっ！」

弾《はじ》かれるようにヨルダンが動き出した。大声を発してリビングに飛び出していく。

モニカは咄嗟《とっさ》に身を隠した。扉の隙間からリビングを窺《うかが》う。

「初めまして、私は帝国の防諜機関『幽谷《ゆうこく》』から派遣されたものよ」

軽やかな女性の声が届いた。

「イヴって言うの。ヨルダン＝キュプカ、アナタをスパイ容疑で拘束しに来た」

モニカは息を潜めて、その絶望を確認する。

――ガルガド帝国の防諜機関『幽谷』。

諜報《ちょうほう》と防諜の区別が曖昧なディン共和国の諜報機関・対外情報室と違って、『幽谷』は防諜機関として独立している。他国のスパイの暗殺、反乱分子の鎮圧を目的とした機関だ。

一度目を付けられたら、まず命はない。自国民だろうと容赦なく殺す。

敵は二人いた。残忍な笑みを浮かべる小柄な女性、そして、大柄の男性。

男の方は、既にマテルを取り押さえていた。彼の首元にナイフを突きつけている。

直感で分かる。危ないのはイヴと名乗った女性。明らかに格上だ。

「そ、そんな……」

リビングでは、ヨルダンが膝を震わせている。

「何かの誤解です、私は帝国に忠誠を誓う国民で……」

「んー？　その割には、パブで随分と不満を漏らしていたけどねぇ」

イヴは、ヨルダンの腹を思いきり蹴り飛ばした。呻《うめ》き声が聞こえる。マテルが「お父さんっ！」と叫ぶが、もう一人の男に「黙れ」と口を塞がれた。

イヴは数度ヨルダンを蹴り続けると、指先からワイヤーを射出した。巧みな技術だ。まるで生きた動物のように動き、ヨルダンの首に絡《から》まっていく。

「このまま連行するわ。声をあげることは許さない」

「っ……」

「逆らうなら、息子共々絞め殺す」

既に証拠を押さえているようだ。ヨルダンは言い逃れできないだろう。

――逃げてしまおう。

モニカは静かに判断した。

親子は見捨てる。ノートさえ手に入れば、任務は十分だ。寝室の窓から逃走するのだ。

救いを求めるように、ヨルダンが潜むモニカに視線を投げかけてきた。

「ん？　寝室に誰か匿《かくま》っているの？」

目ざとくイヴが気づいたようだ。

「あぁ、そういえば今朝、妙な報告があったのよね。私の部下が一人、何者かにやられたって。まさか、もう他国のスパイと繋《つな》がっていたのかしら?」

「そ、それは……」

「答えろっ！　テメェに聞いているんだよ、このカスっ！」

イヴはワイヤーで窒息寸前まで首を絞めて、ヨルダンの腹を蹴り飛ばした。

彼は涙を流して、荒い呼吸を繰り返す。

容赦ない尋問。口を割るのも時間の問題だろう。

（悪いね、ヨルダンさん。迂闊《うかつ》に動き過ぎたアンタのミスだ）

モニカはそっと窓に近づいた。

（ノートだけは有効活用させてもらうよ）

処刑される事実は哀《かな》しいが、これがスパイとしては正しい選択だ。

ミッションは成功している。危険を冒す必要はない。

親子を見殺しにする覚悟を決め、モニカは窓枠に手をかけた。

（諦めればいい……ボクは、ずっとそうしてきたんだから——）

脳裏には、特別合同演習から諦めを選び続けた日々があった。

◇◇◇

『灯』のスカウトは、養成学校で怠惰な訓練生活を送っていたモニカには吉報だった。

限界を悟ったはずだが、希望を捨てきれなかったのだ。いずれ突出した才能が開花するのではないか、と。甘ったれた夢想であるが、その幻想を捨てきれなかった。

だから『灯』にスカウトされたことで、彼女は再び自身に期待するようになった。

――あぁ、やっぱり自分はスパイのために生まれてきた天才ではないか、と。

クラウスとの訓練は良いチャンスだと思った。

自称「世界最強」のスパイ。自分の才能を試せる相手に喜んだ。

彼女は自身の全力を隠し続け、他の少女たちを突撃させる傍《かたわ》ら、情報を集め続けた。そして訓練終盤、モニカは本気でクラウスに挑んだ。

実際、一か月の訓練でもっともクラウスを追い詰めたのは、この時だ。

全てはモニカの計画通りに進行したのだ。

《さぁ、先生！　人質を取りましたよ！　近づいたら、この報告書を燃やしちゃいます》

《あたしのボディガード付きだ。どうだ？　降参するしかねぇだろう？》

作戦終盤、無線から聞こえる仲間の声にモニカはほくそ笑んだ。

クラウスが必要な報告書をリリィが確保し、格闘に長《た》けたジビアが守っている。クラウスは手出しできず、二対一という状況に追い込まれているはずだ。

しかし、

「──極上だ」

モニカが合流した時には、全てが終わっていた。

クラウスは涼し気な顔で報告書を奪い返しており、リリィとジビアを見下ろしていた。

リリィたちは目を丸くして、這《は》いつくばっている。

「な、何が起きたんですかっ……？」リリィが呻いた。

「小川にそっと葉を流すように、事を進めただけだ」

クラウスはなんてことのないように答える。

その光景は、かつての特別合同演習をモニカに想起させた。

限界が見えたな、とモニカが再認識した瞬間だった。

本気で挑み、完膚なきまでに敗北した。客観的な視点で全てを察し、絶望した。

──一生かけても、自身はクラウスを超えられない。

悟った。どれほど努力を重ねても、クラウスには敵《かな》わない。

そこそこ優秀で、中途半端《ちゅうとはんぱ》に使い捨てられるスパイ――それが自分の未来だ。

一度動いた心は急激に凍り付いていく。

「くっ！　モニカちゃん、次ですっ！　落ち込まないでくださいね」

「そうだぜ、モニカ？　くよくよすんなよ？」

何も悟らず、訓練に励むリリィとジビアを羨ましく感じる。

その愚鈍だが強固なメンタルは、スパイという異端の世界以外では輝けないだろう。

リリィたちのように不器用ならいい。スパイという道しか選び取れないほどの。

クラウスのような才能があればいい。スパイとして生きることが使命と思えるほどの。

モニカはただ器用なだけだ。万物に対して才能はあれど、一事の天才には敵わない。

これで一体どうして情熱など持てる――？

◇◇◇

ゆえにモニカは諦める。

逃走を選択する。知り合ったばかりの親子のために、敵へ立ち向かうほどの強い動機を、彼女は持ち合わせていない。

――スパイの神がいるとするならば、それは自分を選ばなかったのだ。

自分は高みに到達できない。あの女性試験官やクラウスにはなれない。そんな期待など、とっくに捨てている。諦めている。

さようなら、と呟《つぶや》き、モニカは窓の外へ身を乗り出す。

「お父さんから離れろっ！」

すると、その声は聞こえてきた。

（マテル……っ？）

反射的に振り向いていた。

身体《からだ》が動いていた。再び扉に近づき、リビングを見つめる。

「お前らなんかっ、出て行けっ！」

マテルは必死の抵抗を見せていた。男の拘束から逃げたようだ。

グラスやフォークなど台所にあるものを摑み、イヴたちに投げつけている。正確に顔目掛けて投げつける子供に、相手も困惑しているようだ。

モニカが教え込んだ石投げの技術だ。父親を守るため戦っている。

顔を真っ赤にさせ、泣きはらした目でマテルは動き続ける。摑《つか》んだ食器をすぐに投げやすいよう持ち替え、拙いながらも投擲《とうてき》をしてみせる。

「このガキっ……！」

逆上した男に床に叩《たた》き伏せられる。しかし、マテルは男の指に噛《か》みつき、逃れてみせた。

――なぜ抵抗するのだろう。

そんな視線を、眼前にいるイヴは投げかけていた。

モニカも同感だ。誰がどう考えても敵うはずがないのに。

なぜマテルは逆らう？　なぜ諦めようとしない？　何が彼を動かす？

「お父さんを、離せえええええええっ！」

しかし、反抗が続く訳もなく、マテルは捕まった。床に顔を押し付けられ、もう指を噛む真似《まね》はできない。彼はなお足を動かし藻掻《もが》いていた。

「早く、そのガキを黙らせてよ」イヴは退屈そうに吐き捨てた。「腕の骨を折りなさい」

その無益な抵抗は、敵の反感を煽《あお》るだけだ。しかしマテルは暴れ続けている。

頭に生まれる、無数の「なぜ」。その中でもっとも強烈に色を放つものがある。

（……なぜ、ボクは足を止めているんだ？）

逃げればいい。マテルの抵抗は、窓を開ける音を消してくれる。絶好のチャンスだ。なのに、決して足は動いてくれない。

マテルの姿を見ているうちに、見えてくるのは強敵にも諦めない仲間たち。

『次こそは、先生に勝ってみせましょう！　これまでの敗北は、勝利への布石です』

『おう！　やっぱり負けっぱなしは悔しいよな！』

お気楽なリリィとジビアの声。

それに、他のメンバーの希望に満ちた声が続くのだ。

『でしたら、わたくしに一つ試したい策があります……』『いや、次はエルナもまた突撃したいの』『も、もしよかったら自分の意見も、聞いてほしいっす』『俺様も兄貴と遊びたいですっ』『次こそ私のハニートラップで仕留めてみせるわ。百回目の正直よ！』

モニカが投げ出した難題に、自分よりずっと弱い彼らが挑んでいる。

一か月間ずっと聞き続けた声が消えてくれない。

モニカの身体が熱くなっていく。

――心に何かが灯《とも》った。

その熱は怒りか。あるいは使命感か。身体の奥底から湧き起こる衝動がある。
「最悪な気分だよ……」
モニカは天井を見上げ、小さく呟いた。
顔に手を当て、大きく息をつく。
（……本来情熱なんてないんだ、ボクに。そんなものは）
何にも心は動かない――そのはずだった。
しかし、合理的な判断を捨てて、今自分は足を止めている。
今！　ここで！　立ち向かえ！　と誰かが叫んでいる。
「ボクがアイツらに感化されてるってこと？　ウケる」
笑みを浮かべる。自嘲だった。
伝染力ウイルス並みかよ、とツッコみ、モニカは息を吸い込む。
この熱を失いたくはない。逃げる訳にはいかない。
敵を倒す必要はない――条件は、あの親子を安全に連れ出すこと。
求められるのは、氷のように冷え切り、刃《やいば》のように鋭い、冴《さ》えた頭脳。
武器を構える。右手には回転式拳銃、左手には割れた鏡、ゴムボール。最後に、懐《ふところ》に忍ばせた機械の感触を確かめる。

「ちょっとばかり本気を出してやるよ、クソザコ共」

それが覚醒の第一歩だった。

モニカは寝室から飛び出すと、銃を向けた。

イヴと男は咄嗟《とっさ》に反応する。イヴは軽やかに跳びソファの陰に隠れ、男はマテルの身体を持ち上げ盾にした。こちらの殺気を読んでいる。奇襲では倒せない。

構わず、二連射。

一発目の銃弾は照明を射貫《いぬ》く。部屋は闇に包まれる。姿を見られる訳にはいかない。戦闘を行う最低限の明かりは、沈みきる直前の夕日のみ。黄昏《たそがれ》時の死闘となる。

二発目の銃弾は、部屋の隅に置かれた姿見《すがたみ》へ。鏡は砕かれて、部屋に散らばった。更にモニカは手持ちの鏡をいくつか投げ、狙い通りの場所に仕込んだ。

戦闘準備が整った。再び寝室に戻り、息を潜める。

「何者かしら？」

イヴの声はむしろ楽しんでいるように感じられた。

「コイツを守る、どこかの国のスパイ？　それとも帝国に反逆するトチ狂った運動家？」

モニカは笑う。「その子の師匠だよ」

喋《しゃべ》りながら、声で相手の位置の察知を試みる。しかし、うまくいかない。大体の位置は想像できても、なぜか正確な地点が判明しない。声を散らせる技術か。

「出てきなさい。五秒以内にガキを殺すわ」

イヴは冷酷に告げてくる。

やはり人質を取られた現状は不利だった。

（さて、この窮地をどう切り抜けるかだけど……）

ヒントはある――クラウスとの訓練。

ちょうどシチュエーションは同じ。あの世界最強の男は人質を取られた状況で、ジビアとリリィを打ち払ってみせた。今度は、それを自分が再現するだけだ。

（ただ、肝心なところを見てないんだよね……）

モニカが合流した時点で、全て終わっていたのだ。再現しようもない。

『小川にそっと葉を流すように事を進めた』

それがクラウスの説明。

具体的には、と尋ねると、彼は深く考え込んだ。

『……なんとなくだ』

（本当に教官としては無能だよね！　あの人っ！）

今更過ぎるツッコミを入れた瞬間、首に纏《まと》わりつく殺気に気が付いた。

「っ！」

僅かな気配を感じ取って、リビングに転がり込んだ。

「あら、避《よ》けたわね」

「……まだ五秒経《た》っちゃいないでしょ？　嘘《うそ》つきめ」

モニカは肩口に触れる。ギリギリで回避したが、掠《かす》ったようだ。

「ワイヤー使いか……」

いつの間にか部屋中にワイヤーが張り巡らされていた。

イヴの右手の指先から伸びている。音もなく、モニカの首を襲った正体だろう。声を散らせたのも、この技術か。

「部屋を暗くしたのは、悪手だったわね」イヴの勝ち誇った声が響いた。「アナタに、このワイヤーは全て見えない。対して、私は指から部屋の全てを感じ取れるの」

「……そういうの事前に言ってくれない？」

敵の眼前にいるにも拘《かかわ》らず、モニカは動けない。

迂闊《うかつ》に動けば、捉えきれないワイヤーに捕まる。もう一方の敵である男は、マテルの喉元にナイフを向けている。ヨルダンはイヴのワイヤーに首を絞められたまま。完全に詰んでいる。

イヴは左手で構えた銃を、発砲してきた。

たった二メートルの距離の銃撃だ。身を捻《ひね》るが、避けられない。

「くっ！」

銃弾は肩を掠めた。血が腕を伝った。

「あら、この距離で致命傷を避けるのね」イヴは感心したように笑った。「面白いわね。あと何発避けられる？」

再び発砲。

モニカは銃口を凝視し、弾道を完全に読み切った。髪を数本犠牲にし、回避する。

ふうん、とイヴは愉快そうに笑う。元々当てる気はなかったらしい。

「イヴ、遊ぶな」イヴの仲間の男が窘《たしな》める。「早く始末するか、拘束しろ。発砲音を聞きつけ、コイツの仲間が来たらどうする？」

「分かってるわよ、つまんないのね」

イヴは不服そうに拳銃をしまった。

その見当違いの警戒にモニカは笑っていた。自分にも、敵にも。

（救援は駆けつけないんだよね……グレーテに『要らない』って言ったから）

カッコつけずに頼っていればよかった。

戦えるのは自分一人だけ。頼れるのは、自身のクールな頭脳だけだ。

ちらりとマテルの姿を確認する。悲愴《ひそう》な視線と目が合うと、彼は咄嗟に顔を俯《うつむ》かせた。

「眼《め》を逸《そ》らすな、マテル」

モニカは拳銃をしまって、ナイフを構えた。

「期待しなよ。今から軍人より百倍カッコいいものを見せてやるから」

「あら、かかってくる？」イヴは微笑《ほほえ》む。「来なさい、全身をもいであげる」

イヴは右手を小刻みに動かし始め、隣の男は呆《あき》れたように首を横に振った。

それでいい。敵には、勝利を確信してもらわないといけない。下手に警戒されれば、人質を危険に晒《さら》しかねない。

モニカは「はあぁぁっ！」と吠《ほ》えて、強く床を蹴《く》りつけた。

ナイフを固く握りしめて、敵に特攻をかける。

「――はい、捕まえた」

しかし、その身体《からだ》はすぐに止まった。

右腕が不可視のワイヤーに搦《から》め捕《と》られ、突撃が強引に停止させられる。痛みに呻《うめ》いて、ナイフを取り落とした。藻掻《もが》いてみせるが、すぐに左腕もワイヤーに捕まえられた。

イヴの予告通り、部屋には網のようにワイヤーが張り巡らされている。

モニカの突撃に勝機などなかった。

「全然ダメ」イヴが勝ち誇る。「ま、所詮はこの程度か」

「っ……卑怯《ひきょう》だね」

捕らえられた両腕は吊《つ》り上げられて、モニカは両腕をあげる無様な体勢となった。

「その技術、ズルいなぁ。次からはボクも使おうかな」

「救いようもないマヌケね」イヴが嘲笑する。「次なんてあると思うの?」

イヴは右手を動かすと、更なるワイヤーがモニカの首に絡《から》みついた。

「拷問の後、死ぬ。それがアナタの末路よ」

「だから冥土の土産に教えてほしいのさ」

モニカは取り合わずに続けた。

「コツだけ教えてよ。こんだけワイヤーを巡らせて、どう操ってる?」

「っ！　ねぇ、ガキ。状況を分かっているの?」

「当然。コレはキミが言ったセリフだ。指先から部屋の全てを感じ取れるんだろう?」

　モニカは腰を揺らした。

「──ボクも感じ取れる。捕まった腕から、ワイヤー全ての位置を」

　服からゴムボールが零《こぼ》れ落ち、モニカはそれを強く蹴り上げた。

　鉄をゴムでコーティングした特製の武器だ。直径は五センチほどの重たい投擲《とうてき》武器。勢いよく放たれたゴムボールはイヴの顔面に向かって、飛んでいく。

　イヴが一度、それを避けるのは織り込み済み。

　壁に跳ね返ったゴムボールが、彼女の首の裏を撃ちぬいた。

「このガキっ……」

　ワイヤーが緩まった瞬間、モニカはすぐに両腕を逃がした。バウンドしたゴムボールをキャッチして、更にもう一個取り出して、構える。

　ボールを二個同時に全力投球。

　部屋を縦横無尽に跳ねるボールは、二人のスパイに死角から襲い掛かった。

「闇雲よっ！　慌てないで！」イヴが叫んだ。「直《じき》にワイヤーにぶつかって──」

「そんな訳あるかよ」

　敵が動揺している間に、モニカはイヴの側頭部を蹴りぬいた。

　既にワイヤーの位置は把握している。恐れるに足りない。

イヴが身を引いた時、彼女の頭上で跳ねたゴムボールが狙いすましたように、彼女の肩を射貫く。

「なに……っ？」

「ただの計算だよ」

モニカは微笑んだ。

「ワイヤーの場所さえ分かれば、後はその間を縫って、ボールを弾ませるだけだ」

演算技術──それがモニカの武器だ。

どの角度でボールを投げれば、何度反射して、敵にぶつかるか。

瞬時に計算して、弾む鉄球で死角から相手を仕留める。拳銃よりもずっと動きが読めず、殺気の読みようもない。

イヴにトドメを刺そうとした瞬間、彼女は喚《わめ》いた。

「人質を殺せっ！」

絶叫だった。ヒステリックな声が部屋中に響く。

「そのガキを殺せっ！　今すぐにっ！」

モニカは反射的に動きを止めた。

たとえハッタリであろうと、その脅しには動きを止めざるをえない。

目論《もくろ》み通りだったのか、イヴが口角をあげる。

だが、何も気づいていない。動きを止めたところで、モニカの脳は稼働《かどう》している。

（鏡の角度が34度、ボールは弾むたびに16％速度を失う……タイミングは2・4秒後……ワイヤーが邪魔……いや、9・5ミリ移動させれば利用できる……）

計算する。計算する。計算する。計算する。計算する。計算する。計算する。計算する。

予《あらかじ》め部屋に撒《ま》いた鏡を用いて、彼女は空間の全てを把握する。

（――いける）

モニカは動かない。いや、動いてはならないのだ。

停止すれば、敵は安心する。人質を有効と判断し、決して襲わない。

微動だにせず一瞬で敵を倒す。それが、この場の絶対条件。

「コードネーム『氷刃《ひょうじん》』――時間の限り、愛し抱け」

次の攻撃は、世界でもっとも速い一撃だ。

――光。

モニカが握る機械から放たれた強烈な光は、鏡を反射して男の顔面にぶつかった。その直後、イヴの目に向けても光を放つ。

暗闇に慣れ切った人間には、強烈な一撃だろう。

二人の敵は同時に呻き声をあげた。そして同時に行動を始める。

混乱している。命の取り合いの最中、突然の照射を受け、視界が封じられたのだ。当然、彼らはパニックになる。咄嗟《とっさ》に攻撃や回避手段をとる。

モニカには全てが見えていた。仕掛けた鏡、ワイヤー、弾むボール、反射する光。

彼女の演算が空間を支配する。

（クラウスさん……）

ここにはいない教官に向け、言葉をかける。

（リリィたちを倒したのは——この手法だろう？）

イヴはワイヤーを振るう。男は人質を抱えたまま、光から逃れようと身を捩《よじ》る。

そして、モニカが導いた未来が訪れる。

何万と演算を重ねた末の答え——それは、あまりに美しい敵の同士討ちだった。

◇◇◇

敵を倒しきるところまではできなかった。

同士討ちの末に負傷させ、親子を救い出し、逃走するのが精いっぱい。手傷を負った敵は、無理に追ってこなかった。

安全な場所まで逃げ延び、モニカは親子にメモを渡した。

「ボクは今からキミたちの逃走経路を誤魔化す。キミたちはもう帝国じゃ生きられない。この住所に行き、暗号を伝えるといい。共和国に亡命させてくれるはずだ」

帝国に潜む協力者が手引きをしてくれるはずだ。

マテルに祖国を捨てさせることは忍びないが、命が最優先だ。

繰り返し礼を告げるヨルダンに対し、最低限の金銭を渡して、すぐ行くように促した。

彼は最後に深く頭を下げて、マテルの腕を引いた。

「…………」

しかし、マテルの方が中々動かない。モニカをじっと見つめている。

「どうしたの、早く行きな」

「あ、あのっ」

彼は顔を上気させて尋ねてくる。

「やっぱり師匠は超能力が使えるんですかっ?」

「また、そんなこと……」

「けれど、さっきの師匠の動きは超能力としか思えません」

「使えないよ。ちょっとばかり頭が良いだけ」

モニカは乾いた笑みをみせた。

仮に超能力があったら、自分は人生をどれほど割り切れただろう。

「世の中には、ボクよりスゴイ、超能力者みたいな奴が山ほどいるよ。毒が効かない特異体質や、人の意識から姿を消せる窃盗の天才とかね」

「師匠は違うんですか……？」

モニカは懐《ふところ》から機械を取り出した。

パシャッと音が鳴って、フラッシュが焚《た》かれる。

「盗撮」

モニカが放った光の正体——カメラだ。

「これがボクの力だよ。しょぼくない？」

急な光を食らったせいか、マテルは目をつぶる。

仲間にも秘密にしている特技だった。

モニカの演算能力を活かしきり、ピントを合わせ、鏡を反射させ、タイミングを合わせる。動きながら鮮明に撮影するのは、精密な動きができる彼女でなくては難しいだろう。

「もちろん、便利だけどね。敵の姿は撮れた。この写真は共和国中のスパイが知ることに

なる。敵は一方的に顔が知られている事実にさえ気づけない」

モニカははにかんだ。

「でも、たかが知れてる。限界が見えたクソ特技だ」

器用貧乏、と表現するのが相応《ふさわ》しい。

『灯』には、より強力な特技を持つ才女が山ほどいる。毒、変装、窃盗、交渉、調教、工作、事故、それらに比べて、どれほど脆弱《ぜいじゃく》なスキルか。

なんでもできるが、なんにもできない。自分の末路は、そこそこ優秀なスパイ止まり。

モニカはとっくに諦めている。

「し、師匠は頭が固いですよ」

「ん？」

マテルになにやら文句を言われた。

「プライドが高すぎます。僕にとっては、もう師匠は世界一のスパイですよ」

それが彼なりの誠意らしい。

どう受け応えればいいか分からず、モニカは黙ってマテルの頭を撫《な》でた。

◇◇◇

「あの、もう一度言ってもらえませんか……？」

一仕事を終えてホテルに戻った時、再びグレーテが訪れた。任務を報告すると、彼女は呆然《ぼうぜん》とし、前述の言葉を口にした。普段クールな人を唖然《あぜん》とさせるのは、気分がいい。

モニカは、だからさ、と得意げに答えた。

「『幽谷』の人間を三人ほど写真に撮って、追い払って、エンディ研究所に詳しい電気工事士を手駒にした。情報は全てこっちのものだ」

「…………………………なるほど」

グレーテはかなり深く頷《うなず》いて、ぽつりと呟《つぶや》いた。

モニカはベッドに腰をかけ、足を組む。

「言ったでしょ？　ボク一人で十分だって」

「本当に別格ですね、モニカさんは」

グレーテは小さく笑みを浮かべた。少し悔しそうにも見えた。

「ボスも一度、語っていましたよ。養成学校の落ちこぼれの中にモニカがいたのは僥倖《ぎょうこう》だった。末恐ろしい極上の才能を宿してる、と」

「……っ。へぇ、クラウスさんってお世辞も言えたんだ」

一瞬動揺してしまい、つい皮肉を叩《たた》いていた。

イマイチ接点がない相手ではあるが、一応自分も気にかけてくれているらしい。

自分の才能には何度も絶望した。中途半端《ちゅうとはんぱ》な才能を幾度となく恨んだ。こんな想《おも》いをするくらいなら、いっそのこと凡人に生まれたかった。

しかし、自分の可能性を認めてくれる者はいるのだ。

「……また一つ質問してもよろしいでしょうか？」

するとグレーテが尋ねてきた。

「一昨日《おととい》、モニカさんは限界が見えたから手を抜くようになった、と言っていましたね。それが養成学校で落ちこぼれた理由だと」

「ん、そうだっけ？」

「では、今のモニカさんが『灯』にいる理由は一体なんですか？」

「…………」

答えに詰まったのは、本心を誤魔化すためではない。

自分でも分からなかった、自分のことが。諦念に囚《とら》われた自分がなぜ、『灯』という危険の最前線に立つようなチームから逃げ出さないでいるのか？

――退屈だ。情熱がない。何も惹《ひ》かれない。冷めている。

その心の状態は今も大きく変わらないはず。

しかし、今回――特にマテルの声を聞いた時、胸が熱くなったのは事実だった。

一体何が自分を動かしているのか？

あの時、脳裏に響いたのは――仲間の声？

「特にないけど、強いて言うなら……」モニカは腕を組んだ。

「はい」

「愉快な奴《やつ》らがいるから？」

「……良い答えだと思います」

グレーテは何かを納得したらしく、再び微笑《ほほえ》んだ。

その時、部屋に置かれた無線機が鳴りだした。緊急事態の信号だ。その相手が誰か察して、モニカは舌打ちをした。

無線機に触れて、相手の声を聞く前に声を吹き込む。

「こちら『氷刃』。無線は傍受される可能性があるから、非常時以外に使うな」

《こちらリリィ――じゃなくて『花園《はなぞの》』！　その非常時なんです！　助けてください！

〈ヘルプ！　ヘルプです！〉

「キミじゃ要領を得ないから、隣の奴に代われ」

《あー、うん。こちらジビア——じゃなくて『百鬼《ひゃっき》』》

「キミたちは一度間違える縛りでもあるのかっ！」

仮名とはいえ、迂闊《うかつ》に名乗るな。無線を傍受される可能性を考えろ。

《なぁ、頼むよ。ちょっと助けてくんねぇかな。『花園』が拳銃を落としたらしくて、パニックになる前に見つけねぇと——》

モニカは無線を切って、大きなため息をついた。

本当にあのバカたちは何をやっているのか。

「グレーテ、さっきの問いは質問そのものが間違いだ」

「そのようですね……」

「理由関係なく、ボクがいなきゃマズイでしょ、このチーム」

せっかくの休息を切り上げて、外出の支度を始めた。

直接会ったら、ただでは済まさない。

一体どんな罰を与えてやろう——と笑みを浮かべ、モニカは窓から闇夜に飛び出した。

◇◇◇

生物兵器奪還任務時における『灯』の精神的な要がリリィならば、実務的な要はモニカだった。エースともいうべき彼女の働きが、不可能任務を成功に導いていった。

しかし、類まれな能力を持つ彼女の心は常に冷めている。

――自身の限界が見えた。退屈だ。情熱がない。何も惹かれない。

だが、彼女は一つ見落としていた。自身の心に生まれ始めた変化を。

変化はやがて、荒れ狂う情熱となる。

その熱は彼女の人生に大きな変革を起こし、やがて底なしの才能を開花させる。限界を打ち壊し、本人の想像さえも遥《はる》かに超えるスパイへ覚醒していく。

その事実を、いずれ少女は知る。

# 4章 case グレーテ

あぁそうだ、とクラウスが口を開いた。

横を歩いていたグレーテは、視線を上げた。少女にしては高身長のグレーテではあるが、クラウスと会話をする時は見上げる角度になる。彼の方が一回り大きいのだ。

クラウスを見つめていると、グレーテの顔は熱くなってくる。

彼がその端整な目を細める時は、決まってリラックスしている時だ。

「あそこのミートパイ屋に、今度行ってみるといい」

そう彼が示したのは、港町の隅に構えている小さな店だった。営業時間を過ぎているのか、今は『閉店中』の札が扉に掛けられている。

「……ボスが推すのならば」グレーテが微笑んだ。「とても美味《びみ》なのでしょうね」

「あぁ、僕が知る限り最高のミートパイだ。あまりに美味《おい》しくて一度再現しようとしたことがあるが、中々うまくいかなかった」

「……！　信じられません。ボスが再現できないなんて」

「限りなく近いものは作れたがな。しかし、本物とまったく同一とはいかない」

クラウスは言った。

「代々受け継がれた想いは、一朝一夕では真似《まね》できないさ」

ミートパイ屋には看板が掲げられており、創業年が記されていた。百年以上前からある老舗らしい。何代も前からレシピを受け継ぎ、時には改良を加えて、今に至るのだろう。

木造の店の佇《たたず》まいからも、その長い歴史を感じさせる。

「……受け継がれた想い、ですか」

グレーテがぽつりと呟き、改めてクラウスの方を見た。

「つまり、わたくしもボスの想いを受ける者になれ、という意味でしょうか……？」

「違う」

「プロポーズですね……？」

「もうこの時点で、お前は僕の想いをまったく汲《く》んでくれていない訳だが」

クラウスは首を横に振り、歩き出す。

ついでに「僕をボスと呼ぶな」と指摘をした後で、彼は告げてきた。

「ただ勧めただけだ。ここは、『焔《ほむら》』のメンバーと食べた思い出が詰まった店なんだ」

「『焔』の……」

「任務のご褒美《ほうび》の一つだったよ。ルーカスという男が好きだったんだ。よく残りのピースを僕と取り合って、師匠に怒られていたな」

『焔』とは彼がかつて在籍したスパイチームだ。彼が家族のように愛しながらも、既に失われた存在。ルーカスという男性もメンバーの一人だったのだろう。

「もう、あんな風に食べることは叶《かな》わないがな」

どこか寂しそうに歩き出したクラウスの背を、グレーテも呆然と眺めた。

それは、買い物帰りのささやかな会話。

——しかし、グレーテは一言一句漏らさずに覚えていた。

◇◇◇

『灯《ともしび》』は不可能任務を達成した。

少女たちの活躍とクラウスの策略により、生物兵器『奈落人形《ならくにんぎょう》』の奪還に成功。途中、クラウスの師匠にしてディン共和国の裏切者《うらぎりもの》、『炬光《きょこう》』のギードに阻《はば》まれたが、成長した少女たちの力により打倒した。

見事任務を果たした『灯』は一度解散したが、少女たちの強い希望により再結成する。次なる目的を、ギードの裏切りを導いた黒幕『蛇《へび》』の捜査に定めて、少女たちは養成学校に戻らず、スパイとして次の一歩を歩むことになる。

クラウスは次の任務に向かう前に、少女たちに十日間の休暇を与えた。

不可能任務を達成した彼女たちを労《ねぎら》ったものだ。

ミートパイ屋を巡る騒動が起きたのは、その休暇中のことである。

◇◇◇

「では、僕は出かける。十日間しっかり身体《からだ》を休めるように。念のため強調するが、くれぐれもはしゃぎすぎないように」

クラウスはそう言い残すと、旅行カバンを摑《つか》んで、玄関の扉に手をかけた。

そのクラウスを、八人の少女が玄関で見送っている。

彼の旅行カバンはかなり大きく、旅行の長さが察せられた。事前に聞かされていた予定では、隣国のライラット王国まで向かうらしい。男性一人の観光旅行にしてはやけに荷物が多く、まるで十日間の休暇を丸々スパイの任務に費やすような量だったが、いくらマイペースのクラウスと言えど、まさか自分たちを連れて行かず一人で任務には挑まないだろう、というのが少女たちの発想だった。

「先生、行っちゃいましたね」

クラウスの姿が見えなくなった時、真っ先にコメントするのはリリィ。

「忙しそうだったしな。用事が詰まってんだろ」

それに続くようにコメントするのは、リリィと仲が良いジビア。

二人は玄関の扉を閉めながら、息をついた。

リリィがくすぐったそうに笑った。

「なんだか不思議な感じですね。この二か月間、ずっと先生と一緒にいましたもん」

「アイツと過ごした時間は濃かったからな」ジビアが頷《うなず》く。「最初は変な奴《やつ》だと思ってたが、今じゃそれなりに認めているよ」

「先生不在の十日間……ちょっと寂しくなりますね」

「だな。再会がちょっと待ち遠しいかもしんねぇ」

「まぁ、それはともかく――」

「まぁ、なにはともあれ――」

リリィとジビアは扉の鍵をかけ、他の六人の仲間に向き合った。

「「休暇だあああああああああああぁっ！」」

「「「「「休暇だあああああああああああああっ！」」」」」

大きな拍手と歓声が轟《とどろ》いた。

サラは拍手を鳴らし、アネットはクラッカーを打ち上げる。少女たちは両手を突き上げ、飛び跳ね、最終的に意味もなくエルナを胴上げし、喜びを分かち合った。

ジビアは大きく拳を掲げた。

「いやぁ、ようやくこの時が訪れたぜ！　待ちに待った！」

そう、少女たちはこれまで休みらしい日は一日たりともなかった。一か月休みなしの訓練の後、二週間の命懸けの潜入任務の後である。

当然、気持ちが昂《たかぶ》らない訳がない。

「私は明日から旅行三昧よっ！」「ボクもゆっくり買い物でもしたいかな」「俺様はエルナちゃんとサラの姉貴と冒険にいきますっ」「エルナ、アネットまで来るなんて聞いてないのっ！」「まぁまぁ、三人の方がきっと楽しいっすよ」

各々《おのおの》が休暇のプランを発表する。

少女八人が同時に会話を始めると、姦《かしま》しいことこの上ない。

リリィが階段を駆け上がり、高いところから「はーい、注目っ！」と叫んだ。

全員がぴたりと会話をやめて、リリィを見上げる。

「十日間は各々自由に過ごすとして、今晩はみんなで宴会です。先生なし、訓練なしの夜を楽しみましょうっ！」

他の少女たちが、いえーい、と声をあげた。

「声が小さいですっ！　喜びの気持ちはそんなものですかっ？」

他の少女たちが、いええぇいっ、と声を張り上げる。

「まだまだっ！」

他の少女たちが、いえええええええぇいっ、と叫んだ。

「おらー、もっと大きな声で――」

「早く進行しろ」ジビアがツッコむ。

リリィがこほんと咳払《せきばら》いをした。

「じゃあ、まずは食料調達ですね。ミートパイ屋に行きましょうっ。グレーテちゃんが教えてくれたやつ。前食べた時、めちゃくちゃ美味しかったですよねぇ」

「……えぇ、ボスから勧められた店ですから。宴会に相応《ふさわ》しいでしょうね」

そう頷くのは、グレーテ。彼女の表情には、クラウスが去ったことによる寂しさが滲《にじ》んでいたが、休暇自体は歓迎しているようだ。

ミートパイという案に、他の少女たちから「異議なーし！」と声がかけられる。

意見がまとまると、少女たちは早速、外に向かって飛び出した。

八人全員が満面の笑みを浮かべていた。

任務を達成しての初休暇――それだけでなく、クラウスがいないという特別感がある。任務を通して親しくなった繋《つな》がりではあるが、やはり上司不在の状況は心が躍った。子供だけの夜にわくわくしない少女など存在しない。

「……ミートパイの他はどうしましょうか？」「エルナ、ケーキも欲しいの！」「アレはどうします？」「ええ、素敵な葡萄《ぶどう》ジュースね」「ボクが倉庫から持ち出しておくよ」「俺様、気になりますっ。なんですか？」「やめとけ。お子様には早い」「先輩方も未成年っすよねっ？」

上機嫌な会話を交わすのも無理はなかった。

はしゃぎすぎるな、というクラウスの指示など誰もが忘れていた。

やがてミートパイ屋が見えてくると、堪《こら》えきれずリリィが駆け出した。

他の少女も呆《あき》れたように笑い、後に続く。

素敵な光景だった。

命懸けの任務を乗り越え、絆《きずな》を深めたスパイ少女たちは幸せそうに、無邪気な子供のように街を走る。ようやく到《いた》り着けた安息を謳歌《おうか》する。

競い合うようにして、彼女たちはミートパイ屋に向かって走り——。

《臨時休業》

——そして、その札を見ることなく、全員が扉に激突した。

◇◇◇

少女たちが次々と扉にぶつかってくる珍事に、店主が慌てて飛び出してきた。

人がよさそうな高齢の男性だ。鼻を押さえてうずくまる少女たちを不思議そうに見て、それがどうやら『臨時休業』の札にあると察すると、謝りだした。

「いや、悪いのは全面的にわたしたちなのですが……」

赤くした鼻を摩《さす》り、リリィが尋ねた。

「でも、どうして休業なんです？」

「ちょっとしたトラブルでねぇ」

店主が申し訳なさそうに頭を下げた。

「実は、この店を畳もうと思っているんだ」

「「「え？」」」

目を丸くしたのは、リリィだけではなかった。繁盛《はんじょう》しているにも拘《かかわ》らず、なぜ店を閉める必要があるのか。

詳しい事情を話したくないのか、主人は曖昧な笑みで誤魔化した。

「ん、生ゴミの臭いがするね」

反応したのは、モニカ。

店先に並べられたポーチュラカのプランターに鋭い視線を向けている。

「今朝方、店前に撒《ま》かれたのかな？　嫌がらせでも受けている訳？」

「わ、分かるのかい？」主人がたじろぐ。

「少しね。何かの縁だよ。何があったか、聞かせてくれない？」

モニカが偉そうな顔で、店主を見つめる。

彼はため息をつき「話しても、どうにもならないさ」と呟《つぶや》いた。「でも理由を明かせば、お嬢さんたちも納得してくれるだろう。マンハイム社の仕業だ」

「マンハイム？　あの食品会社の？」

主人が重々しく頷いた。

マンハイム社とは、少女たちも知っている有名企業だった。首都近郊にいくつもレストランや直営店を出しており、肉料理を中心に多くの家庭料理を提供している。持ち帰りのフライドチキンやレストランで食べられるビーフシチューが有名だ。

リリィが「マ・マ・マンハイムのフーライド、チーキン♪」とラジオCMのフレーズを歌った。耳障《みみざわ》りだったので全員が無視する。

主人は肩を落としている。

「実は、先月に社長が直々に『ミートパイのレシピを売ってくれ』って頼んできたんだ」

「ふぅん、良い事じゃん」

「良い事などないよ。金額は安いし、『二度とこの店でミートパイを提供するな』という条件までつけられて……当然、断ったんだが――」

「その日から嫌がらせが始まった訳か」

モニカが主人の後を引き継ぐように口にした。

主人いわく、店先にゴミを撒かれるだけでなく、いつもの仕入れ先から小麦粉を買えなくなったり、街の電器屋にオーブンの修理を断られたりするようになったらしい。何らかの圧力があったとしか思えない。

「元々、年も年だからねぇ。最近は腰も悪くなってきたし……」

主人は力なく首を横に振った。

「後継者もいないし、さっさとレシピを売って店を畳んだ方が――」

「――ですが」

言葉を遮ったのは、グレーテだった。

「……このお店は昔から街に親しまれた店です。ご主人が作るミートパイを楽しみにしている人が何百、何千といます。わたくしたちもその一人です」

「代々受け継いできた店だからね」主人は深いため息をついた。「けれど、仕方ないものは仕方ない。お嬢さんのその言葉だけで嬉《うれ》しいよ」

自分に言い聞かせるように呟き、主人は哀《かな》し気な顔をして、店内に戻っていった。

少女たちはその背中を見送るしかなかった。


少女たちは重い足取りで帰路についた。

その顔に先ほどまでの笑みはなく、表情はどんよりと暗い。浮かれた心地は吹き飛んでいた。楽しみだったミートパイが買えなくなり、今更他のものを食べる気分にもなれない。

アネットが「お祝いムードが台無しですねっ」と率直に呟き、エルナが「なの」と肯定する。その二人を慰めるように、サラが頭を撫《な》でる。

「……………よっ」

先頭を歩くリリィが硬い表情のままストレッチを始めた。腕をぐっと伸ばし、深呼吸を繰り返す。

隣を進むジビアも同様だ。「っし」と指を一本一本曲げて、骨をコキコキと鳴らした。

「よし」とリリィが口にし、ジビアもまた「おぅ」と呟いた。

二人の答えはほぼ同時だった。

「――マンハイム社を潰しましょう」

「――マンハイム社を潰すか」

不敵な笑みを浮かべて、拳をぶつけ合わせるが――。

「いやいやいや！　待ちなさい、待ちなさい」

慌てて二人の肩を摑《つか》んで止める少女がいた。

ティアだ。彼女は勇むリリィとジビアを必死に宥《なだ》めた。

「気持ちは分かるけど、アナタたち一体どうする気？」

「社長に毒を盛ります」「社長をぶっとばす」

「強引すぎっ！」

ティアは悲鳴に似た声をあげた。

額に手を当て、呆れのため息をつく。

「あのねぇ……相手は一般人よ？　警察に駆けこまれたらどうするの？」

ジビアが苛立《いらだ》たし気に呟いた。「けど、犯罪行為をしてんのはアイツらだぜ……？」

「証拠がないわ。相手は有名企業。社長なら富も権力もある。嫌がらせの件だって、本人が直接手を下しているとは思えないわ」

ティアが苦々しい表情で呟いた。

「私だってもちろん、怒っているわよ。でも社長を罰しても、多大な損害は埋め合わせられない。トラブルを解決しても、店主さんには店を続ける気力も残っていないかも……」

「「……っ」」

リリィとジビアが唇を噛《か》んだ。主人の辛《つら》そうな表情を思い出し、拳を握りしめる。

他の少女もまた顔を俯《うつむ》かせた。

彼女たちは一度だけ、店のミートパイを食べたことがあった。頬が落ちるほどの美味《おい》しさに感激したのだ。その味が他人に奪われると思うと、胸がぐっと苦しくなる。同じ虚《むな》しさに駆られる人間が街にどれだけいるか――。

「……いえ」

するとグレーテが告げた。

「――この窮地、わたくしたちなら打破できるでしょう」

全員の視線がグレーテに集まった。

リリィが驚きながら尋ねる。

「グレーテちゃん、策があるんですか？」

「はい……ただ、もちろん」グレーテは微笑《ほほえ》んだ。「皆さんの力が必要ですが」

少女たちは視線をぶつけ合い、頷《うなず》いた。

反対意見は出なかった。

唯一モニカが「クラウスさんは『はしゃぐな』って言ったけどね」と皮肉っぽく呟くが、耳を貸す空気ではない。

リリィが「決まりですね」と手を叩《たた》いた。

「やっちまいましょう！　打倒マンハイム！」

「「「「「「「おーうっ！」」」」」」」

全員が拳をぶつけ合わせる。

クラウス不在の休暇で――少女たちの大作戦が始まった。

◇◇◇

一日も経《た》たずに、少女たちはマンハイム社の情報を根こそぎ集めてきた。

陽炎《かげろう》パレスの広間に、次々と報告があがってくる。情報収集はスパイの本分だ。他国の研究所から情報を盗むことに比べれば、食品会社の内部事情など容易《たやす》く集められる。

グレーテは広間で待機し、計画を練っていく。

（……ボスの思い出の店を潰させる訳にはいきませんから）

胸にあるのは、真《ま》っ直《す》ぐすぎる恋心。

休暇で不在の間に、クラウスが愛するものを失う訳にはいかない。

真っ先に情報を集めてきたのは、ティアだった。

派手なドレスを纏《まと》って、戻ってきた。高級キャバレーのホステスのような格好で、胸元も大胆に露出している。これだけ蠱惑的《こわくてき》な服を着こなせるのは、チームでは彼女だけだ。

「聞いたところ、マンハイム社では最近、社長の代替わりがされたそうよ。二代目はボンクラ。瞬《またた》く間に収益を悪化させて、社内から総スカンを喰《く》らっているみたい」

グレーテは頷いた。

「……社内で孤立して相手にされず、一発逆転の秘策を探している。人気店のレシピを欲しがっているのはそんなところでしょうか」

「えぇ、事の発端は彼の暴走よ。詳しい話は今晩聞いておくわ」

「今晩？」

「総務課長さんとデートなの。たっぷりご馳走《ちそう》になってくるわ——色んな意味でね」

ティアは優艶《ゆうえん》な笑みと共にウィンクをし、広間から去っていく。

次に戻ってきたのは、ジビアだ。

ティアとは対照的にフォーマルなスーツを羽織っている。似合わないハイヒールは肩にかついでストッキングのまま広間に戻ってきた。

「社員証、盗んできた」

ジビアが誇らしげに女性社員のカードを投げ渡してきた。

「コイツに成りすまして取引先を聞き回ってきたよ。ボンクラの二代目社長は、若い時代から繋《つな》がる悪いお友達がいるみてぇだな。嫌がらせの主犯はコイツらだろ」

「裏社会との繋がりはありそうですか……？」

「あるな。以前、拳銃を忍び持っていたって証言もある。だから誰も逆らえねぇんだ」

「……あまり大事にしない方がよさそうですね」

店主に迷惑がかからないように処理すべき――そういうことだろう。

グレーテは静かに判断し、頷く。


他にも続々と情報が集まり、すぐに計画が決定する。

グレーテが広間に集まった仲間に問いかける。

「……わたくしたちの中で一番頭が悪そうな外見と言えば誰でしょう？」

「「「「リリィ」」」」

「っ⁉」

かくして作戦のキーマンはリリィに決定。

グレーテが垂らす餌に、マンハイム社の社長が食いついたのはその二日後。

◇◇◇

首都近郊のアパートで、リリィはゆっくりとお茶を飲んでいた。

最低限の家具しかないボロアパートである。家具と呼べるのは、おおよそベッドとテーブルのみ。一応絨毯《じゅうたん》も敷かれているが、ボロボロで至る所に虫食いの跡がある。環境そのものが劣悪で、部屋全体にカビ臭さがあった。

リリィもまた糸玉だらけのセーターを着て、みすぼらしい装《よそお》いだった。

「あぁ、可哀想《かわいそう》なリリリン……」

窓を眺めながら、リリィは呟《つぶや》く。

「お祖父《じい》ちゃんが作るミートパイが大好きだったリリリン。彼女はいずれお店を継ぐ者として、ミートパイのレシピを譲り受けました。しかし、彼女は舞台役者という夢が諦めきれなかったのです。ミートパイか、舞台か。悩みに悩んだ末に彼女は家出をし、この地で努力を重ねているのです。しかし、舞台役者として中々芽が出ず、リリリンは今日も貧乏暮らし。およよよ、リリリン、泣けてきちゃいます」

やけに芝居がかったセリフだったが、部屋には彼女しかいないので、ツッコミを入れる者は不在だった。

その時、部屋にノックの音が響いた。

「家賃なら払えませんよー」と返事をし、彼女は部屋の扉を開く。

人がよさそうなダンディーな男が立っていた。高級スーツにネックレスや指輪などの装飾品を身に着けている。分かりやすい成金《なりきん》だ。

そう、彼こそマンハイム社の二代目社長、ダーヴィッドである。

彼は高そうな帽子を脱ぎながら「キミがリリリンさんだね」と声をかける。

「は、はぁ……そうです」

「そう緊張しないでいい。自分はこういう者だ」

彼は穏やかな表情と共に、名刺を差し出してきた。

リリィは目を丸くする。

「マ、マンハイム社の社長さんですかっ？　なぜ突然……!?」

「上がってもいいかな？」

「は、はいっ。何もない部屋ですが」

ダーヴィッドはずかずかと上がり込み、内装を一瞥《いちべつ》して、くすりと笑った。

「本当に何もない部屋だな。実に、みすぼらしい」

「はぁ……すみません」

「キミのことは調べたよ。女優志望なんだって？　酷《ひど》いものだな。どこの劇団にも所属できていないなんて」

「え……？　誰からそれを」

「金髪のちっちゃなご友人が教えてくれたよ。『とても苦労しているの』と心配そうに語ってくれた。いいじゃないか。演劇の初歩は人付き合いからだ」

上から目線でダーヴィッドは諭してくる。

それから、舐《な》め回すようにリリィの身体《からだ》を見つめてきた。

「見てくれも悪くないな」満足げにダーヴィッドは微笑む。「むしろ良い」

「ど、どうも……」

「そうだな。キミが望むなら、私が劇団を紹介してもいい。伝手《つて》がある」

「ほ、本当ですかっ？」

「ただし──」

もったいぶって、ダーヴィッドは告げる。

「──キミのお祖父ちゃんのミートパイのレシピを教えてくれたらね」

「え……」

「偶然、こんな写真を手に入れたんだ」

ダーヴィッドは一枚の写真をテーブルに置いた。

それはミートパイ屋の主人とリリィが仲良く並んで写っている写真だった。

「お、お祖父ちゃんとわたしの写真……ど、どこからっ？」

「ウチの総務課長が情報筋から手に入れてくれた。随分と仲が良さそうだね」

「…………っ」

「ミートパイのレシピ、受け継いでいるんだろう？　それを教えてくれるだけでいい」

「で、でも、それはお祖父ちゃんに『誰にも言うな』って言われたから……」

リリィは不安げに目を伏せ、椅子に腰を下ろした。思案するように指を擦り合わせる。

ダーヴィッドが優し気な声をかけてくる。

「そうだな。キミのお祖父ちゃんは中々教えてくれない。けど、関係ない。キミはお祖父ちゃんともう縁を切っているんだろう？」

まるで出来の悪い娘を諭す父親のような言い方だった。

「大丈夫。秘密は守る。キミはただ、レシピを教えてくれるだけでいい」

「……う、本当ですか？」

「もちろん見合った金額も支払うよ。千デント。ここの家賃三か月分だ」

「そ、そんなにくれるんですか？」

財布を取り出しながら、ダーヴィッドは頷いた。

「この場で現金払いでも構わないよ」

「……っ」

リリィは一瞬頬を緩める。が、すぐにまた目を伏せた。

「でも…………」

「何を躊躇《ためら》うことがある？　夢も叶《かな》うし、金も得られる。いいこと尽《ず》くめじゃないか」

ダーヴィッドはもう一度、リリィの身体を見つめてきた。口元をにやけさせて、鼻の下を長くする。彼は軽くベッドを撫《な》でた。

「そうだな。さらに、もし私の愛人になるなら、月々二百デントも――」

「え、ぶん殴りますよ？」

「は？」

「…………こほん。さ、最近風邪気味なんです」

わざとらしい咳《せき》をし始めるリリィ。

一瞬真顔になったことを誤魔化すように、口元を押さえた。その唇からは「もう演技が限界ですよぅ」という呟きが漏れたが、相手に聞こえた様子はない。袖には無線機のようなものが見えたが、これも相手が気づいた様子はなかった。

リリィは紅茶を飲んでから、軽く息をついた。

「実はですね、わたしが悩んでいるのは別の事情があるんです」

「ん？」

「マンハイム社さんより先に、レシピを買いたいって言ってくれた人がいるんです」

「……なるほど。自分より先に動いている奴《やつ》がいたか」

ダーヴィッドは唇を舐める。

「誰だい？　教えてくれるかな」

彼は眉間に皺《しわ》を寄せた。

場合によっては消してしまえばいい——そんな獰猛《どうもう》な意志が瞳に滲《にじ》んでいる。

リリィはテーブルに置かれた雑誌を掴《つか》むと、印をつけたページを開いた。隣国で有名なレストランのシェフの特集だった。

「この人——ショーン゠デュモンさんです」

「なっ」ダーヴィッドは言葉を詰まらせた。「ショーン゠デュモンっ⁉」

それは美食界で知らぬ者がないシェフだった。隣国ライラット王国でもっとも権威があり、世界中でも五本の指に入ると言われ、その独創的な料理は世界中にファンがいる。

「う、嘘《うそ》も大概にしなさいっ」

ダーヴィッドは明らかに狼狽《ろうばい》していた。

「世界でも指折りのシェフだぞ？　レストランは何年先も予約が詰まっているようなレジエンドだ。それが、こんな田舎国に関心を示すはずが——」

「そして、もうじき部屋にやってくる予定なんです」

その時、チャイムが鳴った。

リリィが「はーい」と笑い、扉を開ける。

毅然《きぜん》とした佇《たたず》まいの老紳士がいた。

ダーヴィッドは顔を真っ青にさせて、雑誌に飛びついた。そして、そこに載っている写真と目の前にいる人物を見比べ、愕然《がくぜん》とした表情を浮かべる。

「ショ、ショーン＝デュモン……ほ、本物の？」

先ほどの余裕が消えた、情けない震え声だった。

老紳士は穏やかに微笑《ほほえ》んだ。

◇◇◇

——種明かし。

当然、少女たちにショーン＝デュモンを連れて来られる伝手などない。

その正体は変装のスペシャリスト——グレーテである。

彼女は雑誌の写真から、世界レベルのシェフを完璧に模倣してみせた。

他にも彼女は三つの罠《わな》を仕掛けた。

一つ目は、情報。ティアが総務課長を通し、うまく社長に情報を伝えた。「ミートパイ屋の主人には、レシピを受け継いだ孫娘がいる」と。

二つ目は、モニカが偽造した写真。彼女はミートパイ屋の主人の姿を盗撮し、うまくリリィの写真と繋《つな》ぎ合わせた。一見すれば、仲良しの祖父と孫に見えるだろう。

三つ目は、エルナ。彼女は事故や悪人などを惹《ひ》きつける体質がある。ミートパイ屋の辺りをうろつけば、すぐに柄の悪い人間に囲まれ、声をかけられる。ダーヴィッドの手先だと思われる人間に、写真と偽《にせ》のアパートの住所を伝えたのだ。

かくして、ダーヴィッドはまんまと誘い込まれ、いるはずもないショーン＝デュモンと相対しているのだ。

老紳士に変装中のグレーテは微笑む。だが、彼女は男性と話すのが得意ではない。

その代わりに、彼女の横にはブラウス姿のティアが立っていた。

「通訳の者です。あら、リリリンさん。来客がいるんですか？」

ショーン＝デュモンは外国人だ。通訳がそばにいても不自然ではない。

リリィは、ダーヴィッドを紹介した。

すると、ショーンに扮《ふん》したグレーテは「――っ！」と大声で喚《わめ》きたてる。

通訳役を引き受けるティアが頷《うなず》き、翻訳する。

「ありえない、とショーンさんは憤《いきどお》っているわ。マンハイム社の社長さん?」

「……な、なにがだ?」

大物の出現に彼は戸惑いを見せた。

ティアは蔑むように鼻で笑った。

「あのミートパイのレシピが千デント? 哀れね。食品会社の社長が物の価値も分からないのね。ショーンさんは二十万デント出すそうよ」

「に、二十万だとっ?」

「それくらい価値がある。これは世界中の人々を虜《とりこ》にする魔法のレシピだ。この私が直々に訪れるほどだぞ? ――ショーンさんはそう言っているわ」

小物には興味がない。

そう示すように、ティアはダーヴィッドに背を向けた。

「リリリンさん、どうかしら? アナタが認めてくれるなら、すぐにお支払いの手続きを進めます。加えて、私たちのレストランには世界中から演劇界のスターが訪れます。もし機会があれば、紹介できるかも」

リリィは飛び跳ねてみせた。「レシピ、売りますっ!」

「では、契約締結ね」

ショーンに扮したグレーテとリリィは握手を交わした。

すっかり蚊帳《かや》の外のダーヴィッドに、ティアがトドメとばかりに告げる。

「マンハイム社さん、これでレシピは私たちのものです。以後、リリリンさんやそのお祖父様《じい》には近寄らないように」

「ぐっ、お前たち。こんな強引に……」

「我々を敵に回したいのなら、どうぞ？　もっとも——ショーンさんが『マンハイム社の料理はまずい』と呟《つぶや》くだけで、アナタの会社など一瞬で消し飛ぶのですが」

「……っ」

ダーヴィッドはテーブルを強く叩《たた》いた。音が部屋に響き、テーブルにヒビが入る。

しかし、それは苦し紛れの抵抗に過ぎなかった。

彼は顔を真っ赤にさせ、リリィたちを睨《にら》みつけると、羞恥に満ちた表情で、部屋の外へ飛び出していった。

◇◇◇

その夜、陽炎パレスの食堂では宴会が行われた。

「完・全・勝・利っ♪」

グラスをぶつけ合って、少女たちは戦果を祝福した。

豪華な料理を並べて、マンハイム社の社長を撃退したことを喜ぶ。クラウス不在の浮かれたテンションは戻ってきていた。彼女たちは各々《おのおの》の武勇伝を陽気に語り合った。

ジビアはご機嫌に肉をつまみながら、白い歯を見せた。

「完璧だよな。これで、マンハイム社の社長はレシピを狙う意味がなくなった。ショーン＝デュモンに真っ向から歯向かう胆力もあるとは思えねぇ。これで諦めるだろ」

続くのは、同じく上機嫌のリリィ。

「いやぁ、スマートでしたね。荒事に一切手を出さず、解決できました」

「まぁ、正直あたしは直接ぶっ飛ばしたかったけどな」

二人は明るい声と共に「「いえーい」」とグラスをぶつけ合う。

補足すると、実は彼女たちが他人を完璧に欺き切ることは珍しい。日頃の訓練ではクラウスに敗北を重ねて、実際の任務でも肝心なところはクラウスに任せっきりだ。

いわば、少女たちだけで収めた勝利らしい勝利である。

ゆえに彼女たちは際限なく昂揚《こうよう》していた――グレーテを含めて。

（中々にうまくいきましたね……）

彼女は喧騒《けんそう》から外れ、満足した気持ちで、仲間が喜ぶ姿を見つめていた。

食堂の端で、想定通りです、と呟く。

（……きっとボスも満足してくれることでしょう）

全てが彼女の計画通りに進んだ。

唯一の心残りは、この成果を愛《いと》しい相手が見てくれないことか。

「お、今回の立役者がおひとり？」

するとモニカが近づいてきた。

ミネラルウォーターのボトルをグレーテが座る椅子の縁にぶつけてくる。彼女なりの乾杯らしい。

「お疲れ。やっぱりキミがいると、うまく事が運ぶよ」

「はい……ありがとうございます」

軽く頭を下げる。

が、疑問に気が付いた。

皮肉屋のモニカが素直に他人を褒めるなんて、めったにない。

「けど、張り切りすぎじゃない？」モニカが口角をあげる。「珍しいね。正直、ここまでキミが尽力するのは意外だったけど」

それが聞きたかったらしい。

にやにやとした表情で、モニカはグレーテの隣に座ってくる。

グレーテは正直に答えることにした。

「……『焔』の思い出の味だと」

「『焔』？」

「ええ、ボスがおっしゃったのです。あの店には『焔』の思い出が詰まっていると。ボスが不在の時に、そのような店を潰す訳にはいきません……」

「やっぱりクラウスさん絡《がら》みか」

モニカはおかしそうに笑った。

「健気《けなげ》だね。好きな人の好きなもののために、そこまでするんだ」

「……間違っているでしょうか？」

「さぁ？　キミとクラウスさんの関係、ボクはよく知らないしね」

グレーテがクラウスに恋心を抱いていることは、既に周知の事実だった。本人なりに隠していたつもりだったが、バレバレだったらしい。

気づいていないのはクラウスのみ——とグレーテは認識している。

「正直、わたくしとボスは気持ちが通じ合っているとは思えません……」

「見りゃわかる」

「ですから、せめてボスの想《おも》いを読み取り、尽くしたいのです」

クラウスとの会話で、話が噛《か》み合わないと感じるタイミングは多々ある。

彼も口下手ではあるし、自分もまた感情の向くままに突っ走ってしまう。その度に微妙な空気が流れ、クラウスが眉を顰《ひそ》めるのだ。

『違う、そうじゃない』とは何度言われたセリフだろう。

それがたまらなく寂しい。

――クラウスの想いを正しく受け取りたい。

グレーテは強く望む。

だからこそ彼女は、クラウスの思い出が詰まったミートパイ屋を守ろうと動いた。

(ほんの少しだけでも、ボスの心に近づけたでしょうか……)

彼女は胸のそばで拳を握りしめた。

「ふぅん」

モニカはつまらなそうに口にした。

それから真顔になり、急に冷たい口調で言った。

「――本当にこれでクラウスさんは喜ぶと思うの？」

「え……？」

心を抉《えぐ》ってくる鋭い言葉だ。

グレーテが目を剝《む》いていると、モニカは冷ややかな笑みと共に告げてくる。

「ねえ、クラウスさんがたった一言でも『ミートパイ屋を守ってくれ』って口にしたの？ 告げたのは二つだよね。『身体《からだ》を休めろ』と『はしゃぎすぎるな』。ボクはどちらもキミが破っているように見えるけど」

「……っ」

「クラウスさんの望みは、ボクたちに授けた技術であんな小悪党をいたぶることなの？」

「…………」

すぐに答えられなかった。身体が硬直する。

指摘されるまで思いもよらなかった。自分の行動はただの一方的な押し付け――？

するとモニカはグレーテの背中を叩いてきた。

「――冗談。そんな顔しないでよ」

「……はぁ」

「ただの意地悪さ。ボクは恋愛に一途《いちず》な人間を見ると、嫉妬しちゃう体質なんだ」

軽口を叩き、モニカは仲間の元に戻っていく。

意地悪と説明したが、言葉通りだ。それは強烈な意地悪だった。

心に暗い影を落とす。

（……本当に、わたくしはボスの想いを受け取れたのでしょうか？）

一抹の不安に駆られていると、電話が鳴り響いた。

他の少女たちがピタリと会話をやめ、広間に向かって歩き出した。

陽炎パレスには電話が一台あるが、普通繋《つな》がることはない。ある電話番号にかけ、交換手に暗号を伝えることで通じる仕組みとなっている。

しかし、今回ばかりはちょっとした細工を施していた。

リリィが息を呑《の》み、受話器を取った。

「はい、もしもし、どちら様？」

《私だ。ダーヴィッドだ》

漏れてくる声に少女たちは驚いた。

アネットが電話機とスピーカーを繋ぎ合わせた。

《すまないね、少しお話をしたくて電話をかけさせてもらった》
ダーヴィッドの馴《な》れ馴《な》れしい声が広間に響く。
彼には特別な番号を伝えていた。一時的に陽炎パレスに繋がる回線だ。
「はい、リリリンです。昼間はどうも」とリリィが偽名を名乗る。
ジビアが「つぅか、リリリンってなんだよ」と今更なツッコミを入れる。
《一つ尋ねたいんだが、レシピはもう売ってしまったかい？》
ダーヴィッドからの質問。
リリィがちらりと振り返り、グレーテのハンドサインを確認した。
「まだです」リリィが答えた。「でも、これから契約書に署名するところです」
《その契約を待ってくれないか？》
「え、そんなこと言われても……二十万デントが手に入りますし……」
昼間同様に渋ると、ダーヴィッドが告げてきた。
《私は二十五万デント出す。どうかマンハイム社に譲ってほしい》
少女たちの大半が「はぁっ？」と驚愕《きょうがく》の表情を見せる。

二十五万デント——成人男性の年収の七倍以上だった。

リリィも思わず「ちょ、ちょっと待ってくださいっ」と叫び、受話器の口を塞いだ。

「グレーテちゃん、これは一体……？」

仲間の視線を向けられ、グレーテは「想定通りです」と微笑《ほほえ》んだ。

実はここまでが彼女の策略だった。

「……彼にしてみれば、当然の判断でしょう。ショーン＝デュモンが絶賛したレシピ——仮にそんなものが実在し、独占できたのならば、生み出す利益は二十五万デントを遥《はる》かに超えます。会社を大きく飛躍させるほどの」

ティアに過剰なほど褒めさせたのは、このためだ。

ミートパイのレシピの価値を高騰させ、相手から大金を奪うため。

「……主人がお店の経営を続けるには、損害を埋め合わせなければなりません。偽《にせ》のレシピをダーヴィッドさんに売って、補償しましょう」

彼女の作戦に「おおおおぉ」と歓声が沸き起こる。

嫌がらせを受けたミートパイ屋の主人は、もはや店を続ける気力を失《な》くしているようだった。多額の資金援助があれば、またやる気を見せるかもしれない。

詐欺で金をふんだくる——それがグレーテの計画の全容だった。

リリィは安堵《あんど》したように笑顔を見せ、再び受話器に話しかけた。

「はいっ、決めましたっ。わたしはダーヴィッドさんにレシピを譲ります」

《そうかい。ありがとう》

「じゃあ、明日、直接やり取りをしましょう。レシピと現金の交換で大丈夫ですか？」

《あぁ、構わない。現金で二十五万デントまとめて持っていくよ》

リリィは親指を突き立て、他の少女たちもサムズアップで返す。

これで詐欺は成功する――そう喜んだ。

相手が次の言葉を吐くまでは。

《ただ条件だ――私の目の前でレシピ通りに調理し、店とまったく同じ品を作りなさい》

その言葉を告げられた時、少女たちの笑顔は固まった。

グレーテにとっても予想外の事態だった。

何かがおかしい。すぐリリィにハンドサインを送った。

「え、えぇと……」リリィが惚《とぼ》けてみせる。「もしかして、わたし疑われています？」

《念のためさ。キミが本当にレシピを知っているなら、できるだろう？》

「も、もちろんですよぉ。でも、わざわざ確認が必要ですかねぇ？」
《元々そんな気はなかったよ。ただ、二十五万デントはやはり高額だし、キミの態度が少し変だったからねぇ》
「へ、変と言いますと？」
《『殴ります』はないだろう――わざわざレシピを求めてきた人に対して》
　全員が「あ」と声をあげた。
　愛人契約を求められた時、リリィが咄嗟《とっさ》に発してしまった言葉だ。
《とにかく、レシピが本物だという確証が取れるまで金は支払えない。すまないね、疑うような真似《まね》をして》
「い、いえいえ、大丈夫ですよぉ」
《よかった。では、店とまったく同じミートパイが食べられることを期待しているよ》
「はい……レシピは本物ですから、当然、同じものを作ってみせます、よ？」
　そのままダーヴィッドと約束の時刻を取り決めると、リリィは電話を切った。
「「「「「「「…………………」」」」」」」
　重たい沈黙が生まれる。
　状況を整理するのに、しばしの時間が流れた。

ジビアが呻《うめ》くように「えぇと、つまり?」と口にする。

「詰んでねぇか? あたしらは本物のレシピなんて知らねぇ。店とまったく同じものなんて作れる訳がねぇぞ?」

その通りだ。

レシピを詳しく追及された時、少女たちの嘘《うそ》は露呈する。相手に金を支払わせる手段がない。最後の一手という段階で決め手を欠いた。

誰もが言葉を失う中、サラがぐっと拳を握り込んだ。

「す、すり替えるんすよっ。偽のレシピ通りに作って、こっそり本物のミートパイと交換するんです。自分が動物で隙を作って、アネット先輩が——」

「はいっ、俺様がオーブンに細工すれば完璧ですっ!」

灰桃髪《はいももがみ》の少女、アネットが続く。

彼女はさっそく両手にドライバーを構えながら、無邪気な笑顔を見せ、飛び跳ねている。

「それでは不完全よ」

しかしティアが冷静に指摘した。

「結局、本物のミートパイを用意する必要がある。でも、主人を付き合わせるわけにはいかないわ。私たちが行っているのは立派な犯罪行為よ。協力させられない」

「「…………」」

サラとアネットが同時に顔を俯《うつむ》かせ、しゅんとした顔になる。

その少女たちを励ますように、ティアが微笑んだ。

「でも、良いアイデアね。本物に限りなく近いミートパイを用意する方法はあるわ」

彼女はすっと電話機に近づいた。

「先生に頼りましょう。グレーテの話だと、先生は一度再現したことがあるんでしょう？　彼からレシピを聞き出せばいいのよ」

彼はライラット王国に滞在しているという。滞在先のホテルは念のために教わっていた。海外通話となるが、問題なく行えるはずだ。

電話は繋がった。ティアは「あぁ、先生。一つどうしても教えてほしくて」と笑い、詐欺行為を伏せて、レシピを聞き出した。

が、すぐに暗い表情となる。

やがてティアは「……ありがとう」と気の抜けた声で電話を切り、仲間に向けて「これがレシピよ」とメモを差し出してきた。

『A　牛肩ロース挽肉《ひきにく》　玉ねぎ　人参《にんじん》　林檎《りんご》　ニンニク　塩胡椒《こしょう》　赤ワイン：全て適量

B　強力粉　薄力粉　コーンスターチ　水　バター：全て適量
①Aを混ぜる。（エマイ湖の夕日に青の絵の具を一滴垂らした色となる）
②Bを混ぜる。（三回つねったエルナの頬と同じ柔らかさとなるように）
③AをBで包む。（ルート雪原の春のように滑らかに）
④焼く。（焦げ目がポココンとなったら取り出す。ポコッコンでも美味《びみ》）
健闘を祈る』

「「「「「「「……………」」」」」」」


絶望的なレシピだった。

ギリギリ材料は把握できるが、工程は超大雑把。途中途中に挟まるポイントはもはや混乱しか呼び起こさない。

「材料が全部、適量じゃねぇかっ！」とジビアが一番の難所にツッコミを入れる。

配分も何もかも分からない、使い物にならないメモだった。

——万策が尽きた。

もはや逃げ出すしかない。

「あのっ！」

そこでリリィが頭を深く下げた。

「す、すみませんでしたっ！　わたしがボロを出したばかりに――」

「リリィだけの責任じゃないでしょ」

モニカが遮る。

彼女は掌《てのひら》を天井に向け、息をついた。

「やっぱり全員が浮かれていたんだよ。グレーテの計画にズレが生じていて、それをグレーテも見逃していた。クラウスさんは見越していたのかもね。『はしゃぎすぎるな』っていう忠告通りだ。そうでしょ？」

「はい……その通りです……」

モニカに再び視線を向けられ、グレーテは頷《うなず》くしかなかった。

想定すべき事態だったのだ――相手が疑う可能性など。

金額を欲張りすぎたのだ。もっと情報を細やかに整理していれば、彼が気軽に使用できる金を計算できたかもしれない。

「………………」

グレーテは拳を握りしめる。

（何も見えていなかった……）

クラウスは浮つく自分たちの油断を指摘してくれたのに。

（ボスの心配を何も受け止められなかった……）

——何が想《おも》いを受け止めるだ。この体《てい》たらくで。

その事実が悔しくて仕方がない。

「……モニカさんの仰《おっしゃ》る通りです。全てはわたくしの過《あやま》ちで——」

「じゃ、挽回《ばんかい》してくれる？」

モニカがテーブルに置かれたメモを取り、グレーテに差し出してきた。

「え……？」

「今度こそクラウスさんの想いを正しく、受け取りなよ」

モニカはメモに書かれた一文を指差した。

「健闘を祈る——クラウスさん、何か察したのかもね」

啞然《あぜん》とする。

確かに料理にしては大袈裟《おおげさ》な言葉だ。

「ですが……わたくしにどうしろ、と……？」

「決まってるじゃん。レシピに従って、本物同然のミートパイを作るんだよ」

モニカはそっとグレーテの肩を叩《たた》いてきた。

「こんな暗号文みたいなレシピを解読できるのは、クラウスさんを大好きなキミだけだ」

「……っ」

自分に課せられた難題を自覚する。

しかし、他に手段もない。

残り時間は十二時間を切っていた。それまでに試作品を練り上げ、店のものと遜色がないレベルのコピーを完成させなくてはならない。

難易度が高い挑戦ではあるが――。

「自分も手伝うっす！」

そこでサラが声を張り上げた。

「自分、実家がレストランでよく手伝いをしていました。サポートはできるっすよ」

それを皮切りに他の少女たちも動き出した。

ジビアが「ひとっ走りして材料買ってくる」と駆け出した。アネットが「俺様、ポコンと焼けるようにオーブンを改造しますっ」と工具箱を持ち出し、リリィが「味見なら任せてください」と胸を張る。エルナが「頬《ほ》っぺたを犠牲にする覚悟を決めたの」と不幸を嘆き、ティアに「なぜかレシピに載っていたわね……」と慰められる。

仲間の惜しまぬ手助けにグレーテは胸が熱くなった。

「ありがとうございます……っ!」

「まぁ、あのミートパイはボクも好きだしね」

モニカがクールに言った。

「打倒マンハイムっ!」とリリィが言い、再び「「「おーぅ!」」」と他の少女が叫ぶ。

彼女たちは磨き上げたチームワークを発揮する。

この程度の難題、達成したばかりの不可能任務に比べれば訳がなかった。

◇◇◇

翌日、少女たちが不法占拠するアパートの一室に、ダーヴィッドは訪れた。急遽《きゅうきょ》用意したガス式のオーブンを見て、ダーヴィッドは誇らしげにアタッシェケースを見せてきた。中には二十五万デントの札束が入っていた。

それを確認し、リリィはミートパイを作り始める。部屋にいるのはリリィ一人だが、アパートの隣室では、他の少女たちも会話を盗聴しながら見守る。

少女たちはレシピの解読に挑戦したが、その成果をダーヴィッドに教える義理はない。

リリィは適当なレシピでミートパイを作り、オーブンに入れる段階で合図を出した。サラが用意したネズミが飛び込み、ダーヴィッドがたじろいだ隙に、アネットがオーブンに仕掛けた工作を作動させる。すると、ダーヴィッドの前で作った偽《にせ》ミートパイと、少女たちの特製ミートパイが入れ替わる。

二十分間丁寧に焼き上げて、リリィは「どうぞ」と胸を張って差し出した。

ダーヴィッドは口に入れると。「む」と唸《うな》り、すぐに反応を示した。

「紛れもない店の味だっ！　このレシピは本物に違いないなっ！」

リリィが拳を握り、隣室の少女たちもハイタッチを交わす。

クラウスのレシピを解読し相手を騙《だま》し抜くことに成功したのだった。

――ちなみに。

――蛇足ではあるが、後に起きた些細《ささい》な騒動を描写するならば。

ダーヴィッドがミートパイを完食して「やはり美味《うま》いな」と認めた時だった。

リリィが満面の笑みと共に「じゃ、このお金はいただきますね」とアタッシェケースに手を伸ばすと、

「――いいや、キミはその金を受け取れない」

とダーヴィッドは告げ、懐《ふところ》から取り出した拳銃を、リリィの額に向けた。

「へ？」

「嘘《うそ》に決まっているだろう。レシピを教えてくれれば用済みだ。アタッシェケースを離せ。余計な抵抗はしないでくれたまえ。私のバックには裏社会の組織があるんだ」

ありふれてはいるが強烈な脅し文句。

額に銃を押し付けられ、リリィは「……残念です」と息をついた。

ダーヴィッドはにやりと口角をあげる。

「あぁ、さすがに物分かりが――」

「言っておきますけど、本当はしたくなかったんですよ？　一般人相手に暴力なんて。それに、こんな展開になるなら、わざわざミートパイを作る意味もなかったというか……」

「ん？　歯向かう気か？」

ダーヴィッドは睨《にら》みを利《き》かせ、銃の引き金に指をかける。

「やめておきなさい。キミを殺すのに、私は指一本動かすだけで十分だ」

「残念ですけど」リリィは告げる。「アナタはもう指一本動かせない」

「な――？」

直後、ダーヴィッドは膝から崩れ落ちる。

状況を理解できない。そう主張するように彼は目を見開くが、もう唇も動かせないようだった。絨毯《じゅうたん》に倒れ伏し、全身を痙攣《けいれん》させる。

「コードネーム『花園《はなぞの》』──咲き狂う時間です」

ダーヴィッドが気づけるはずもない。いつの間にか部屋に充満していた毒ガスに。

リリィはアタッシェケースを手に取り、部屋から去る。

アパートの廊下にはグレーテが微笑《ほほえ》んで待機していた。

「……想定通りです」

毒ガスの準備はグレーテの提案だった。今の彼女に油断はない。

「騙し合いじゃ負けられませんよね♪」

そうリリィが笑い、二人は手を合わせた。

◇◇◇

十日後──。

クラウスは休暇を終え──実際はこの間も任務をこなしていたのだが──陽炎パレスに

帰還し、忙しい日々に戻っていた。少女たちに訓練をつけ、独力で任務を遂行する。

帰宅する時間は大抵深夜となるが、たまたま夕方に帰宅できることがあった。

晩御飯をどうしようか、とクラウスが自室で考えていると、懐《なつ》かしい香りがした。

部屋をノックされた。

やがてグレーテが顔を出した。彼女はワゴンを押しながら、部屋に入ってきた。

「……お疲れ様です」グレーテが微笑む。「ご夕食をお持ちいたしました」

皿を確認すると、見覚えのあるミートパイが載っていた。

嗅いだ記憶があると思ったがこれだったか、とクラウスは納得する。『焔』のメンバーとよく食べた思い出の味を、彼女がテイクアウトしてくれたようだ。

「…………」

クラウスは、ミートパイを切り分けるグレーテを見つめた。

彼女の顔はどこか誇らし気に見えた。

「最近、妙な噂《うわさ》を聞いたな」クラウスが言った。「ここのミートパイについて」

「はい、なんでしょう……？」

「マンハイム社の社長が、この店のレシピを手に入れようとして詐欺に嵌《は》められたらしい。孫娘を名乗る人物に二十五万デントも奪われたそうだ。警察に駆け込み、ミートパイ屋の主人の詐欺罪を主張したそうだが、そもそも主人に孫娘はおらず、立証できなかった。その詐欺師が暮らしていたという部屋も、本来誰もいないはずの空き室だったそうだ」

「優れた詐欺師がいたものですね……」

「その後、なぜかミートパイ屋に匿名で多額の寄付金が舞い込んだそうだ。その金額で彼は弟子を雇い、店の改装工事も始めた。これで店はしばらく安泰だろう」

「それは素晴らしいですね」

「一応尋ねるが、心当たりは？」

「……まったく」

グレーテは静淑な態度で微笑むだけだ。瞳にはイタズラ娘のような輝きが見てとれた。

追及するのも野暮だろう。

変なことを聞いてすまなかったな、と誤魔化した。

「ただ、グレーテ。申し訳ないが、僕はお腹《なか》が空いてないんだ。こんな大きなミートパイは食べられないな」

「！　……そうなのですか？」

残念そうに表情を暗くするグレーテ。

そんな彼女にクラウスは告げた。

「だから、どうだろう？　二人で半分ずつに分け合わないか？」

「――っ」

「食器を持ってくるといい。僕にとって、この料理は誰かと一緒に食べるものなんだ」

グレーテは花咲くような笑顔を見せ「はいっ」と頷《うなず》いた。

「……でしたら、どうでしょう？　冷めないようこのままナイフとフォークの一本ずつで、お互いに密着しながら、食べさせ合うというのは――」

「遠慮する」

「………むぅ」

彼女は少し不満そうな顔をしたが、すぐに食器を取りに行った。

◇◇◇

ちょうどその頃、食堂でも少女たちはミートパイを食べていた。

取り合いをしつつ、口元を汚して頬張っていく。やはり自分たちが再現したものより、店の方がずっと美味《おい》しかった。こればかりは本職には敵《かな》わない。

ナプキンで口元を拭き、ティアは新聞に書かれたニュースを語る。

「結局、ダーヴィッドさんはマンハイム社から追い出されちゃったそうよ。会長職にいた前社長がもう一度、社長の座に就くことになったみたい」

「ま、会社の金を勝手に流用して、詐欺師に奪われれば、さすがにそうなるさ」

コメントするのはモニカ。

彼女は手づかみでミートパイを口にいれ、指についた油を舐《な》めた。

「マンハイム社の社員にとってもハッピーエンドでしょ。ボンクラの二代目を追い出す恰《かっ》好《こう》の口実ができて。二十五万デントの損害を出してもずっとプラスさ」

「ええ、素晴らしい成果だわ」

ティアが頷き、他の仲間もまた同意する。

素敵な結末を受け入れる和やかなムードが流れる——が、一人、リリィだけがぷるぷる、と頭を震わせていた。

「わたしは納得いきませんっ！」

頭から湯気を立て、リリィが吠《ほ》える。

「……突然どうしたの？」

ティアが眉を顰《ひそ》める。

「これ以上ないくらい素敵な結末じゃない。なにが不満なの？」

「報告ですっ」

「報告？」

「今回のこと、先生にも報告しましょうっ。わたしたちの成果をっ！」

「いや、ボクたちの行為、ただの犯罪だから」

モニカがバッサリと切り捨てる。

「クラウスさんに自慢したいってだけなら、やめときな。怒られるだけだって」

「でも、グレーテちゃんが可哀想《かわいそう》ですよ。せっかく先生のために頑張ったのに……」

哀《かな》し気にリリィが唇を尖《とが》らせる。

他の少女も、あ、と気が付いた。

少女たちの働きがクラウスに伝わらなければ、グレーテの好意も伝わることがない。彼女はクラウスのために、あれだけ張り切っていたというのに。

「それこそ大丈夫でしょ」モニカが口にした。「どうせクラウスさんなら察しているさ」

その時、ちょうどタイミングよくグレーテが食堂に降りてきた。急ぎ足で食堂を通過すると、キッチンに向かい、ナイフとフォークを取り出して、また二階に戻っていった。

状況は明らかだ。

きっと彼女はクラウスと二人きりで食事を摂《と》るのだろう。

「ほら」とモニカが得意げに言う。「これがクラウスさんなりの誠意じゃない？」

ティアが、そうね、と微笑んだ。

「きっと先生が言ったのよ。『僕はお腹いっぱいだから二人で食べないか？』とでも」

彼が言いそうなセリフだった。

ジビアが「嘘だな」と即答した。

リリィが「嘘ですね」と続き、サラが「嘘っすね」と口元を緩め、アネットが「嘘だと思いますっ」と笑い、エルナが「嘘なの」と頷く。

キッチンには、彼が今晩用に買い込んだ大量の食材が積まれている。任務を終えて、かなり空腹だったに違いない。

少女たちは目を合わせると全員同時に、噴き出した。

それは、クラウスがグレーテのためについた、あまりにお粗末な嘘だった。

# 間章　インターバル②

モニカが二つの話を語り終えた。生物兵器奪還任務でのモニカの単独行動、そして、任務後の休暇中に起きた潰れかけたミートパイ屋を巡る少女たちの詐欺騒動。

「なんというか、アレね……」

話し終えて、ティアが呆然《ぼうぜん》とした表情で口にする。

彼女の言葉はちょうど、少女たちの気持ちをまとめる発言だった。

「……グレーテのヒロイン力が凄《すさ》まじいわ」

「なんだよ、ヒロイン力って」とモニカ。

「モニカが一としたら、グレーテが二億よ」

「むしろボクが低すぎるでしょ」

比較されたモニカが白い眼《め》を向ける。もちろん、さほど気にした素振りはなかったが。

そこでグレーテが悩ましい顔をした。

「ですが、どうしましょう……？　話し合っても全く見えてきませんね……」

そう、四つのエピソードが語られたところで、怪しい人物は全く見えてこない。クラウスの《花嫁》と言えるほど親しい人物はいないし、特別な任務をこなしていた人物もいない。もはや候補もいない状況だ。

議論は完全に難航していた。

すると、投げやりな声が上がった。

「なぁ実際、別に誰が《花嫁》でもいいんじゃねぇか？」

ジビアだった。その声には呆《あき》れの感情が込められている。

「ただの書類上の話だろ？　無理に割り出さなくても、これからは交代で《花嫁》役を担《にな》えば、みんなだって納得するんじゃ……」

悪くない妥協案だった。この場にいる大半が同意するような表情を見せる。

しかし、途中でリリィの「それですっ！」という声で遮られる。

「あ？」

「そうですよ、考え方が間違っていたんです。暴こうとするから泥沼になるんです」

リリィは立ち上がって、指を鳴らした。

「今から新しく決めてしまえばいいんですよ！　新しい《花嫁》をっ！」

# 5章　花嫁ロワイヤル

クラウスが既婚者だと判明した夜、それは開かれる運びとなった。

彼の《花嫁》には多くのメリットがある。任務への同伴参加権、そこで食べられる豪華ディナー。彼に恋心を抱く者はその称号自体が名誉だろう。

最初、少女たちは「《花嫁》とは誰なのか？」という問いを議論していたが、過去を振り返ったところで該当者は見つからず、最終的に「だったら、新しく《花嫁》を決めればいいのでは？」という結論に至った。いつにも増して発想が雑である。

その旨《むね》をクラウスに伝えたところ、彼は深いため息をついた。

「書類上とはいえ、僕の妻を勝手に決める気なのか……？　僕の意思は？」

「盲点だった！」と驚愕《きょうがく》する少女たち。

クラウスはやれやれと首を横に振るが、やがて「訓練になるならいいか」と了承。

ルールは彼が決定した。

《花嫁》ロワイヤル開催――。

バトルの開始は翌日十三時。参加者は開始十五分前までに広間に集合し、参戦の意志を表明する。参加者が確定した後に、解散。自分以外の参加者を全員「降参」と言わせて、最後の一人に残れば優勝。銃や手りゅう弾など、過度に相手を損傷する武器は禁止。

いわば、普段の訓練のバトルロイヤル版。

真っ先に参加表明したのは、五名。

『花園《はなぞの》』のリリィ。「先生、結婚記念日には高級なディナーを要求しますよ！」

『愛娘《まなむすめ》』のグレーテ。「ボス……たとえ形式上とはいえ《花嫁》の座はわたくしが……」

『愚人《ぐじん》』のエルナ。「エルナはせんせいと一緒にいたいの……譲れない気がするの！」

『夢語《ゆめがたり》』のティア。「私が欲しいんでしょう？　任務に参加させてくれるならいいわよ？」

『忘我《ぼうが》』のアネット。「俺様、素敵な野望を秘めていますっ」

残りの『百鬼《ひゃっき》』のジビア、『氷刃《ひょうじん》』のモニカ、『草原《そうげん》』のサラは一旦、参加を見送った。

かくして、クラウスの《花嫁》を巡るバトルが始まる。

果たして優勝は誰の手に——？

◇◇◇

バトル前日の夜、ジビアはベッドの上でツッコミを入れていた。

(いや！　なんなんだ、コレっ‼)

勢いに押されて静観していたが、ふと我に返ったのである。

(もはやスパイでもなんでもねぇ！　《花嫁》ロワイヤルってなんだよ！　なんの違和感もなく受け入れたけど、グレーテが無断で婚姻届を提出する時点でもう狂ってんぞ！)

真っ当な指摘である。しかし、今更止めようもなかった。

もちろん、不参加予定のジビアには無関係の話だったが。

(ま、別に誰がアイツの《花嫁》になろうと関係ねぇか……)

そう思い、このまま寝てしまおう、と彼女は目を閉じる。

しかし眠りに落ちる直前で、ノックの音が邪魔をしてきた。

「誰だ？」と声をかけると、「私よ」と堂々とした返事。

ティアだった。ネグリジェ姿の彼女が扉を開けている。肌が透けるような扇情的な服装の女は、同性であれど部屋に入れたくない。「帰れ」と一応、言葉をぶつける。

「作戦会議よ」ティアはずかずかと入室してきた。「ねぇ、ジビア。アナタは本当に明日のバトルには不参加なの？」

「不参加だよ。そう言ったろ？」

「そ、なら私からの用件は一つね」

ティアは、ジビアのベッドに腰をかけた。

「――参加しなさい。私のために」

「ま、そんな奴《やつ》が一人や二人、来るだろうとは思ったよ」ジビアは息をついた。

「モニカが不参加の今、優勝候補はリリィよ。グレーテは荒事に強くない。爆弾が封じられたアネットの強さは半減。エルナは、私が心理的揺さぶりをかければ勝てる」

「そうか？　リリィはポンコツだし、アネットの方がヤバくねぇか？」

「それも一理あるわね。でも、アネットを封じる手段もリリィと一緒よ」

「盗んでしまえばいいのよ――ジビアの太ももに触れてきた。

ティアは微笑《ほほえ》んで、ジビアの太ももに触れてきた。

「…………」

「私には、リリィの毒ガスとアネットの発明品に勝つ手段がない。しかし、アナタの格闘能力と窃盗スキルがあれば話は別。現時点で最強はアナタなのよ」

馴《な》れ馴《な》れしく触れてくるティアの手を、ジビアは払いのけた。

これがティアの闘いだ――交渉。

勝負の前に、強者を味方につけていくスタイル。

ジビアは「言っとくけど、あたしは今右腕が使えねぇぞ？」と伝える。生物兵器奪還任務で負傷したのだ。しかしティアは「アナタなら片腕で十分よ」と意見を曲げなかった。

ジビアは後頭部を掻《か》いた。

「率直に言うと……お前はグレーテを応援すると思っていたんだけどな。ずっと恋愛のアドバイスをしてきただろ」

「そうね、それを言われると苦しいわ」

ティアは申し訳なさそうに眉を曲げた。

「でもね、私にだって譲れない夢があるわ。『焔《ほむら》』の志を継ぎ、スパイとして国を守りたい。その上で、グレーテの恋は応援する――それが私の答えよ」

ティアの声には迷いがなかった。

毅然《きぜん》としている。自身の行動を一切恥じていない、勇ましさがあった。

「ジビア、私がアナタに提示するのは、金よ。いくらでも額を提示しなさい」

「………」

悪くない条件だった。

金銭は、ジビアが求めるものの一つだ。彼女はスパイの成功報酬を全額、かつて入所していた孤児院に寄付している。幼少期、弟や妹たちと餓《う》えた記憶を忘れたことはない。

その内心を、ティアには見透かされていたらしい。強く断る理由がないことも。

「わかったよ」ジビアは頷《うなず》いた。「お前とチームを組んでやる」

「ええ、よろしく。後悔はさせないわ」

ティアが差し出した手を、ジビアは握りしめる。

『百鬼』のジビア&『夢語』のティア――チーム結成。


だが、極秘裏にチームを組み始めたのは一組だけではない。

◇◇◇

サラは浴槽に身体《からだ》を沈めながら、ボーっと天井を眺めていた。

陽炎《かげろう》パレスの地下には、近代的なガス式の大浴場が備え付けられている。少女たち全員が入れるほど大きな浴槽ではあるが、グレーテとモニカは他の少女たちと同時刻に入浴することを好まず、大抵バラバラに入浴していた。

現在、大浴場には誰の姿も見えなかった。サラが一人で長湯をする。

彼女もまた不参加を表明した一人だ。

不参加の理由は単純に、《花嫁》になる動機を見つけられなかったからだ。

（……自分より相応《ふさわ》しい方が山ほどいるっすからね）

大人びた女性というならばティアだろうし、スパイの相方というならばモニカだろう。

心情的には、グレーテが選ばれてほしい。

なんにせよ、自分には似つかわしくないのだ。クラウスの《花嫁》には。

参加表明するのも、おこがましい。クラウスからはもっと積極的になれ、と言われているが、それは、空気を読まずに自己主張しろ、という意味ではないはずだ。

（なのに、なぜか胸が晴れないんすよね……）

ため息をついた時、風呂《ふろ》の水面《みなも》が波打ち始めた。

え、と思った瞬間、サラの隣からザバッと何かが浮上した。

「俺様っ、たっぷり浸《つ》かっていましたっ！」

「ええっ？　アネット先輩っ？」

アネットだった。ずっと浴槽に潜っていたらしい。まったく気づかなかった。

案の定のぼせてしまったらしく、アネットはフラフラしている。髪も一切縛ってないので、重そうな髪が顔に張り付いていた。

アネットはそこで初めてサラを認識したように「あ」と声をあげた。

「サラの姉貴、ちょうどいいところに！　俺様、用がありましたっ」

「まずは水を飲んだ方がいいっすよ。持ってくるっすね」

「姉貴、俺様と組みませんかっ？」

唐突な申し出に、サラは目をぱちくりとさせる。

「えぇと、《花嫁》ロワイヤルに参加しろ、ってことっすか？」

「その通りですっ。俺様と一緒に、他の姉貴をボッコボコにしましょうっ」

言葉こそ物騒ではあるが、自分の力を必要としているらしい。

特別断る理由もないのだが一つ疑問があった。

「そもそもアネット先輩はどうして《花嫁》になりたいんすか？」

「ん？」

「他の先輩の理由は想像がつくっすけど、アネット先輩だけは分からなくて……」

アネットと親しいサラではあるが、彼女の内心を全て理解しているとは言い難《がた》い。

純真な瞳の奥には一体、何を秘めているのか。

「俺様の目的は――」アネットはにこっと笑った。「秘密ですっ」

「か、可愛《かわ》い……じゃなくて、騙《だま》されないっすよ！　教えてほしいっす」

「お断りしますっ。でも、とにかく俺様は姉貴に参加してほしいんですっ」

アネットは一方的に伝えると、クルクルとその場で回転を始めた。なんだ、と思ったが、髪を乾かしているらしい。「これが一番早く乾きますっ」と口にしている。

納得できない心地だったが、サラは「仕方ないっすねぇ」と頷いた。

サラはアネットを甘やかしがちだ。

『忘我』のアネット＆『草原』のサラ——チーム結成。

多くの陰謀が渦巻いて、前日の夜は更《ふ》けていく。

◇◇◇

バトル開催の日、十二時半を迎える頃、広間には少女たちが集っていた。来るべき決戦に備えて、各々《おのおの》ストレッチを始めて、士気を高めている。普段の訓練とは異なる緊張感が満ちていた。

ジビアとサラの突然の参加表明は、疑惑の視線をもって迎え入れられた。誰かと組んでいるのだろう、と探り合うような時間がしばし流れた。ジビアとサラは気取《けど》られないよう、すまし顔で誤魔化している。

「ただ、エルナはホッとしているの」

集合時間直前、ソファに座り込むエルナが口にした。

「モニカお姉ちゃんの不参加は助かるの。誰かが買収していたら、強敵だったの」

広間にモニカの姿はなかった。やはりクラウスの《花嫁》に興味はないらしい。

集っているのは、彼女を除いた七名だけ。

「いや、買収しようがないでしょ、あの子」とティアが答える。

同意するように、リリィとグレーテも頷いた。

少女たちの認識では、やはりモニカは別格の存在だ。落ちこぼれ集団『灯《ともしび》』では、明らかに実力が一線画する最強少女。不参加は実にありがたい。

その時、広間の振り子時計が十二時四十五分を示した。

リリィが頷いた。

「定時になりましたね。じゃあ、これで参加者は確定で――」

言葉は、ガタッ、と扉が開く音で遮られた。

広間にいる全員が目を向けると、そこには蒼銀色《あおぎんいろ》の髪が揺れていた。

その持ち主の少女の口元には、不遜な笑みが浮かんでいる。

「やぁ、クソザコ共――優勝候補のボクが来たよ？」

名乗りをあげて入ってきたのは、モニカ。

「「「なにいいいいいいいいいいいいいいいいいいいっ!!」」」

大半の少女たちは戦慄する。

そのどよめきを楽しむように、モニカは手を振ってみせる。

「なんか面白そうだし、やっぱり参加しようかなって。ハンデをあげるから安心しなよ？　ボクは素手で十分。道具なんて使わず、優勝してやるよ」

予想外の参加者に、メンバー全員に動揺がはしった。

（まさかモニカちゃんが来るなんて。間違いなく優勝候補……っ）とリリィが驚愕《きょうがく》する。

（無理、無理っすよぉ。こんなの絶対、勝てっこないっすよおぉ）とサラが涙目になる。

（ピンチなの。でも、エルナは負ける訳にはいかないの）とエルナが意気込む。

（大丈夫よ。ジビアと連携して、格闘勝負に持ち込めば――）とティアが分析する。

（難しいな。モニカを相手に負傷した状態っつぅのは）とジビアが焦《あせ》る。

「俺様、姉貴の服をめくったらどうなるのか気になりますっ」とアネットが唐突に喋《しゃべ》る。

まさかの乱入者に戸惑う参加者たち。

彼女たちの計画は、モニカの不参加が前提だった。その前提が崩されて、一切先が見えない闘いとなっていく。

「それにさぁ、前回の不可能任務で、さんざん足を引っ張られてストレスが溜《た》まっているんだよねぇ。覚悟しとけよ？　特にリリィとジビア」

モニカはサディスティックに笑う。

場にはピリピリとした緊張のムードが満ちていった。

「……みなさん、わたくしから提案があります」

そんな中、グレーテが小さく手を挙げる。

何を言うのか、と視線が集まった段階で、彼女は口にした。

「開始直後、まずは全員でモニカさんを集中攻撃しましょう」

「「「「「「……………………………………」」」」」」

超容赦なかった。

【開始一分――『氷刃』のモニカ、脱落】

◇◇◇

陽炎パレスの広間では、全身を縛られたモニカが「グレーテえええぇ！　許さないからなあぁぁっ！」と叫んでいるが、誰も聞く耳を持たない。さすがにモニカと言えど、七対一では多勢に無勢。しかも素手とあってはどうしようもない。

少女たちは満足そうに頷き合い、陽炎パレス内に散らばり、仕切り直すことにした。

かくして闘いの火蓋は切って落とされた。

開始直後、サラは一階隅の廊下に移動し、アネットと合流した。

サラは現在、武器らしい武器を持っていない。帽子の中に仔犬《こいぬ》のジョニーを潜ませ、鷹《たか》のバーナードを肩に止まらせているだけだ。アネットにそう言われていたからだ。

　一方、アネットは完全装備のようだ。スカートがやけに膨らんでいる。

「えぇと、アネット先輩？」サラは尋ねた。「それで、今から自分はどうすれば？」

結局、アネットから作戦らしい作戦は伝えられていなかった。

そもそも自分がなぜ参加させられているのかも謎である。この激闘を制するために、サラは一体何をさせられるのか。

「サラの姉貴っ」

アネットは嬉《うれ》しそうに飛び跳ねた。

「姉貴は、まず俺様の部屋に入ってくださいっ」

彼女は目の前の扉を開ける。そこはアネットの寝室だ。大量のガラクタが山を成しており、重油の匂いが部屋に充満している。

あまり寛《くつろ》げる空間ではないが、サラは「はいっす」と移動した。

アネットは、サラの正面で胸を張っている。

「俺様、姉貴はそこのハンモックに座ってほしいですっ」

「分かったっす」中央に吊《つ》るされたハンモックらしき布にサラは腰をかける。

「俺様、ホットミルクとチョコレートを差し上げます」

「あ、はい」

「俺様、チョコレートのおまけを集めているので、そっちは渡せませんっ」

「ふふ、素敵なやつが当たるといいっすね」

「以上ですっ」

「え?」

もう用はないと言わんばかりにアネットは部屋から出ていってしまう。

部屋には、サラが取り残されるのみ。追いかけようにも両手が塞がってしまい、うまくハンモックを降りられない。

扉の向こうからアネットの声が聞こえてくる。

「サラの姉貴はここで隠れていてくださいっ。足手まといですっ」

「えええええええええぇー!?」

大声をあげてしまう。

寛いでいろ、ということらしい。結局、サラが参加させられた理由がさっぱりである。

混乱していると、部屋の外から別の人物の声が聞こえてきた。

隠れていろ、と言われた以上、大声を出す訳にはいかない。サラは黙ったまま、耳を澄ませて、外の様子を窺《うかが》った。

「良い機会なの……積年の恨みを晴らす日がとうとうやってきたの……っ！」

その声には、底知れない気迫が籠っていた。

「俺様」そしてアネットの惚《とぼ》けた声も聞こえてくる。「心当たりがありませんっ」

「許さないの……アネット！　エルナと直接、決着をつけるのっ！」

扉の前では、エルナとアネットの闘いが始まろうとしていた。

◇◇◇

陽炎パレス屋上にて――。

合流したジビアとティアは屋根の上に立って、耳を澄ませていた。既にバトルが始まっているらしい。派手な物音が聞こえてくる。

「じゃあ、予定通り、狙うのはアイツからか」ジビアは笑みを見せる。

「ええ」とティアが頷《うなず》いた。「でも、彼女を屋内で倒すのは難しいわ。だから彼女も簡単には屋外に出ようとはしない。タイミングを見て、一瞬で倒すのがベスト。つまり――」

ティアは踵《かかと》を打ち鳴らす。

「――今よ」

その合図と同時に、ジビアは屋根から身を投げた。

浮き上がった瞬間、二階の窓を蹴り開け、そのまま屋内に進入する。そして、廊下を呑《の》気《ん》に歩いていた少女に間髪《かんはつ》入れず襲い掛かる。

「へ？」リリィだった。

彼女はジビアの襲撃に反応して後退するが、ジビアの速度が上回っている。優れた身体能力で壁を駆け、あっという間にリリィに肉薄し、突き飛ばした。

リリィは身体《からだ》をひねってジビアから離れようとするが、その逃げ道は既に塞いでいる。

「見事よ、ジビア」

優雅に二階に入ってきたティアが微笑《ほほえ》む。

ちょうどリリィを挟み込むように、ティアとジビアは立ち塞がった。

「く、くぅ……」リリィは唇を噛《か》んで、焦りだす。「ズ、ズルいですよ！　二対一なんて、人の心はないんですかっ」

「まさかお前にズルいと言われる日が来ようとはな」ため息をつくジビア。

「さ、降参と言う準備はいい？　拷問の時間よ？」余裕気に刷毛《はけ》を構えるティア。

リリィは窓に背をつけ、自身のふくよかな胸元に手を当てる。

「け、けど、まだわたしには秘策が――」

「言っとくが、お前の毒ガスなら」ジビアは手のひらの中身を見せた。「――もう盗んだ」

「ふぇ？」

ジビアの手に収まっているのは、ガスを噴射する器具だった。リリィの十八番《おはこ》の、自身のみが効かない毒ガス。屋内でこんなものを噴射されてしまえば、彼女は無敵に近い。

「リリィ、申し訳ないけどアナタの負けよ」

ティアが微笑む。全てが彼女の計算通りだった。

「アナタの毒ガスは反則じみた強さだけどね。奪ってしまえば、攻略できるわ」

「く、くぅっ！　一生の不覚です」

「ふふ、くすぐってあげるわ」ティアは刷毛を小さく振った。「私の拷問を受けたら、きっと癖になるわよ？　火照《ほて》った身体が夜まで疼《うず》いて、私の部屋に『……もう一度してくれませんか？』っておねだりしにくるレベルには――」

「刷毛一本でどこまで攻める気ですかあああっ？」

リリィは悲鳴こそあげるが、抵抗する素振りはない。もう負けを認めたようだ。

彼女にしては潔《いさぎよ》い――いや、あまりに潔すぎる？

ジビアはその違和感に気が付いた。何かがおかしい。どこかが変だ？　そうだ、胸だ。

よく見れば、リリィの大きな胸はどこか作り物めいている。

すぐさまに後ろに跳んだ。

「ティア――罠《わな》だっ！」

相棒の反応は鈍かった。状況を飲み込めないように「え」と呆然《ぼうぜん》としている。

次の瞬間、二つの声が廊下に響いた。

「コードネーム『愛娘』――笑い嘆く時間にしましょう」

「コードネーム『花園』――咲き狂う時間です」

まず一つ目の状況の変化、リリィ――と二人が思っていた存在の顔を覆っていたマスクが剝がれ、中からグレーテの顔が現れる。続いて二つ目の変化。廊下から本物のリリィが飛び込んできた。彼女はティアとジビアに向かって、毒ガスを噴射する。

ジビアは毒ガスを回避するが、仲間を助けるまではできなかった。

やがてティアの身体が傾いていった。倒れ行く直前でリリィに優しく抱き留められる。

ジビアは舌打ちをした。

（組んでいたのは、あたしらだけじゃねぇかっ！）

だが意外な組み合わせだった。

『愛娘』のグレーテと『花園』のリリィ――この二人がチームを組むなど！

毒ガスはやがて廊下に充満する。

グレーテは事前に解毒剤《げどくざい》を飲んでいるらしく、平然としていた。

「ティア！」バックステップを取り、ジビアは叫んだ。「絶対に『降参』って言うな！何をされようと耐えろ！　絶対にあたしが助け出すっ！」

今は一旦仲間を見捨て引き下がるしかない。

たとえ捕まろうと、ルール上では「降参」を宣言しなければ脱落にはならない。スパイとして拷問に対抗する精神力さえあれば、ジビアが解毒剤を入手して助け出せる。

五分耐えられれば、勝機はあるが——。

「こちょこちょします」リリィがティアの首元を刷毛で撫《な》でる。

「降参よおおおぉっ！」ティアが涙目で叫ぶ。

「はやっ‼」
○・五秒で屈するティア。
「……逃がしませんよ」

脱落したティアを放置し、グレーテが追いかけてくる。

格闘ではジビアに分があるといえど、この状況では逃走を選ぶしかなかった。

【開始十三分——『夢語』のティア、脱落】

◇◇◇

サラはなんとかハンモックを降り、扉の隙間から外の様子を窺った。

廊下では、アネットとエルナの激闘が始まっていた。

まずアネットがくるりと回転する。

「コードネーム『忘我』――組み上げる時間にしましょうっ」

ふわりと浮き上がったスカートから零《こぼ》れ落ちたのは、五機の模型飛行機だった。その飛行機は地面に墜落する直前で、突如、プロペラが暴走するように回転し始め、エルナめがけて一直線に飛んで行く。

エルナは――間一髪で避《よ》けた。

目で捉えているとは思えない。超人的な感覚が、迫りくる不幸を捉えているのだ。

踊るような軽やかなステップを踏み、模型飛行機の隙間に入っていく。

「覚悟するのおおお！　アネットおおおぉ！」

敵に肉薄しながらエルナが取り出したのは、木製ナイフだった。

アネットは、スカートの中から棒状の機械を取り出した。「魔法のステッキですっ」と彼女が振るうそれは、明らかに巨大なスタンガンだったが、エルナの攻撃を受け止める。

しかしエルナの勢いに押されたのか、アネットは一歩後ろに下がった。

そして、それはエルナの思惑通りらしい。

彼女の唇が小さく動く。

「コードネーム『愚人』――尽くし殺す時間なの」

不気味な音が響いた。

アネットの部屋の前には、二階へ繋《つな》がる階段があった。それは正面玄関にあるものとは違い、細く急な階段だったが、その上の方からプツンと糸が切れるような音が鳴った。

突如、階段の上の方に無数の鉄球が生まれる。

エルナが仕掛けていた罠だろう。人の拳ほどの鉄球が大量に階段の下へ降り注ぐ。

まるで土砂崩れのような凄《すさ》まじい攻撃だった。

それを間一髪で避けられたのは、不幸を感じ取れるエルナだけ。

アネットは傘のような機械を取り出し、自身を保護した。その唇は固く結ばれている。

ギリギリで防いでいるようだが、鉄球が転がり終える頃には、彼女の傘は破れていた。

(す、すごいっす……エルナ先輩……っ!)

その激しい戦いを、扉の隙間から見続けていたサラは驚愕《きょうがく》する。

まさかのエルナ優勢。

アネットには爆弾が使えないというハンデがあるが、それを考慮しても凄まじかった。

「ふん、エルナが本気を出せば、これくらい余裕なの」

彼女は手を腰に当て、胸を張る。

「さぁ、アネット。早く降参するの。大怪我《おおけが》を負わせたくはないの」

「…………………………………………………」

アネットはエルナの鉄球攻撃を受けて、つまらなそうに床に座り込んでいた。

破損した傘を無言で見つめると、すっと立ち上がり、エルナの方へ視線を向けた。

「俺様、エルナちゃんがなんで《花嫁》に興味あるのか、気になりますっ」

「のっ？」

突然の質問に、エルナは面食らったように目を丸くした。途端にモジモジとしだす。

「そ、その……い、色々あるの……そういうアネットこそなんでなの？」

「俺様、《花嫁》に興味はないですっ。誰と結婚しようと、兄貴は俺様のものですからっ」

「の？　なら、なんでアネットは参加しているの？」

「俺様は、サラの姉貴に《花嫁》になってほしいんですっ」

え、と声を漏らしたのは、エルナもサラも同じだった。

サラは扉の隙間からアネットを見るが、角度のせいで彼女の表情は見えない。

「いつもお世話になっている姉貴への恩返しですっ。サラの姉貴は、自身の心に気づけない鈍感野郎ですからっ、俺様が後押ししてやらなきゃなりませんので」

アネットは語り続けている。

「俺様、見損ないましたよっ。エルナちゃんもサラの姉貴にはお世話になっているのに。

その姉貴を差し置いて、《花嫁》になろうなんて」

「の、のぉ……」

エルナがたじろいでいる。

まさかの精神攻撃だった。

(ほ、本心じゃないっすよね……?)

おそらくエルナを動揺させるための虚言だろう。アネットが突拍子もない言葉を吐くのは、今に始まったことではない。

しかしエルナはすっかり動揺してしまったようだ。

「や、やっぱり、エルナも、サラお姉ち――」

「俺様、隙をつきますっ」

「コイツ、最悪なのおおおおっ！」

すかさずスタンガンで襲い掛かるアネット。叫び声をあげるエルナは階段を上へ逃げていくが、アネットはその足を捕まえ、トドメの一撃を振り下ろそうとし――。

「うおおおおおおおおおおおおぉっ？　どけえええええぇっ！」

——そこで闖入者《ちんにゅうしゃ》がやってきた。

◇◇◇

ジビアは何も気づけなかった。

冷静に立ち返れば、ティアが脱落した時点で、彼女には戦う理由がないと気づいただろうが、その時は混乱していた。リリィから距離を取ることに必死だった。

毒ガスという武器が厄介なのは、不可視という点だ。廊下という空間にどれほど満たされているか判断がつかない。少しでも早く逃げるのが最善だった。

全力疾走で二階の隅まで辿《たど》り着くと、一階に繋がる階段に身を投じる。

「のぉっ？」「んっ？」

しかし、そこにはなぜか同タイミングで階段を駆け上がるエルナ。

エルナの意識は、アネットに向けられており、突如現れた不幸を察知できなかった。それどころか、自ら惹《ひ》かれてしまったのかもしれない。

結果、三人はぶつかる。

エルナのそばにいたアネットを巻き込んで、大クラッシュを引き起こす。

「うおおおっ！」「のおおおぉ！」「およっ？」

ジビア、エルナ、アネットの三人は空中でバランスを崩し、ごろごろと階段を転がった。

咄嗟《とっさ》のことで誰もうまく反応できなかった。

――そして、その隙こそグレーテの計算だった。

「……リリィさん」二階から仲間を見下ろし、グレーテは告げる。「今です」

「ほいっさー」

リリィは三人めがけて、毒ガスの噴射器を投げ落とす。

ジビアは再び避難するが、エルナとアネットは逃げられなかった。互いに互いを逃がすまいと摑《つか》み合ったせいだ。足を引っ張り合った二人はガスを吸い込み、床に倒れる。

「お、大漁大漁」

リリィは上機嫌に口にし、仕留めたエルナとアネットの足の裏を刷毛《はけ》でくすぐった。

二人は涙目で「降参なの！」「俺様、降参ですっ」とギブアップを宣言する。

「……ジビアさんは仕留めそこないましたか」

そして、グレーテは中庭の方へ冷ややかな視線を向けた。

再びの逃走を余儀なくされたジビアは、自分たちの失態を悟っていた。
あまりに無警戒だった。即座にモニカを脱落させた手腕から、察するべきだったのだ。

——補足すると、この《花嫁》騒動が起きたのは、『屍《しかばね》』任務の直前である。クラウスへの恋心を暴走させたグレーテが急激な成長をしていた最中。メンバーはまだグレーテを「知略に長《た》けているが体力は乏しい、変装が得意な少女」程度にしか思っていなかった。

しかし、ジビアもようやく認識を改める。
（グレーテの野郎、マジモードだ‼）
究極完全体グレーテ。クラウスの《花嫁》を懸け、今、才能を爆発させていた。

【開始十五分——『忘我』のアネット、脱落】
【開始十五分——『愚人』のエルナ、脱落】

◇◇◇

グレーテの手腕により、モニカ、ティア、アネット、エルナの四名が脱落するという圧倒的な無双の戦況で、別の少女がかつてない高揚感で満たされていた。

「ふっ、自分の才能が怖いです。任務後に覚醒するタイプのリリィちゃんです」

リリィである。

彼女は既に降参したアネットとエルナの足を順番にくすぐりながら、勝ち誇っていた。動けないアネットとエルナが涙目になり、足をバタバタさせるのは愉快な心地だ。全てはグレーテの命令通りに行動しているだけだが、面白いように敵が減っていく。

残った参加者は、ジビアとサラのみ。

「グレーテちゃん……わたし、なんだか良い心地ですよ」

リリィは穏やかな笑顔で、相棒に話しかける。

「おかげで自信が持てた気がします。本当は最後の二人になったらチームを解散して争う、という約束でしたが、もういいです。《花嫁》はグレーテちゃんに譲りますよ」

「リリィさん……っ」グレーテは目を見開く。

「わたしは、グレーテちゃんの恋愛を応援していますからね。ぜひ先生とイチャついてください。高級ディナーを失うのは、ちょっぴり惜しいですけどね」

リリィは彼女との友情を誓うように、小さく頷《うなず》いた。

「その分、グレーテちゃんが幸せになれるなら、それでいいですよ」

とても穏やかな微笑《ほほえ》みだった。

途中エルナが「騙《だま》されちゃいけないの。絶対リリィお姉ちゃんは裏切るの」と口を挟むが、リリィは容赦なくエルナの足裏を刷毛で撫《な》でた。「のぉおおっ!」とエルナは身体《からだ》を震わせ、倒れ伏す。

感極まった顔をするグレーテの手を握り、リリィは口にした。

「わたしは残った二人の相手をしてきますね。大丈夫、『グレーテちゃんの恋愛を応援しましょう』と言えば、きっと勝ちを譲ってくれますよ」

残ったメンバーならば説得でどうにかなる、というのがリリィの読みだった。

サラとジビアは元より《花嫁》にこだわりがなかった参加者である。情にも厚い。リリィが強く主張すれば、折れてくれるはずだった。

リリィはグレーテの手を離し、「では、いってきます」と歩き出した。

「……いえ、お待ちください」

しかし、その背中をグレーテは引き留める。

「へ?」

「リリィさんの優しさは嬉《うれ》しいですが、その説得の仕方は控えてほしいのです」

グレーテはハッキリと言い切った。

不思議そうに首をひねるリリィに、グレーテは悩ましげに胸の前で手を組み、「リリィさん」と問いかける。

「ジビアさんとサラさんは、本当にボスに特別な想《おも》いがないのでしょうか？」

「え……？」

「全くないと言い切れるでしょうか……？」

リリィは返答ができず、黙るしかできなかった。

ジビアやサラがクラウスに恋愛感情？　そんな素振りを見せたことはない。

だが否定はできない。思い当たるものはある。

――まだ名乗り出ない《花嫁》。

あの二人には、一度《花嫁》疑惑がかけられている。その事実を決して打ち明けず、胸に秘め続けた少女は結局、不明のままだった。

グレーテの声は真剣だ。

「もし、そこに恋慕の情があった時、『わたくしが先に想いを寄せたから』という理由で踏みにじるのは、とても傲慢で残酷で、なにより醜悪に感じるのです」

彼女は首を振った。

「不安になるのです……お二人はとても優しすぎるから……」

◇◇◇

サラは庭にいた。

アネットの部屋の窓から脱出し、彼女はとぼとぼと歩いていた。何の考えもない。自身が参加する理由だったアネットは、もう脱落してしまったのだ。

鷹《たか》のバーナードを抱えながら、彼女はため息をついた。

(アネット先輩のセリフ、本心だったんすかね……?)

彼女がエルナに言い放った言葉だ。

――サラの姉貴は、自身の心に気づけない鈍感野郎ですからっ。

それは本音だったのだろうか。あるいは、エルナを動揺させるための虚言だろうか。

サラはその言葉をうまく消化できなかった。身体の奥底で残り続ける。

その時、屋内からリリィの鼻歌が聞こえてきた。

「ふんふーん♪　素晴らしき謀略家のリリィちゃんです。グレーテちゃんからの信頼を勝ち取れました。心は痛みますが、あとは残るメンバーを敗退させ、こっそりグレーテちゃんの寝首を掻《か》くだけ……ふっふっ、パーフェクトな計画。これで先生に例のプ、レ、ゼ、ン、ト、を渡せる機会が――――ぎゃあああっ！　床から突然、電流があああああっ！」

上機嫌な独り言の後、絶叫が聞こえてきた。

慌てて廊下に駆けつけると、リリィが身体を痙攣《けいれん》させて気絶していた。

「えっ、自滅……っ？」

天罰が下ったらしい。

リリィはアネットが仕掛けたトラップを踏んでしまったようだ。

一応バトルは継続中なので、サラは廊下に上がり込み、気を失うリリィを手錠で拘束した。これでリリィは脱落だろう。「降参」の宣言は後で言わせればいい。

一通りの作業を終えると、サラは再び息を吐いた。

（自分には優勝する気なんてないのに……）

結局、最後の三名まで生き残ってしまった。

もう「降参」を宣言してしまおう。そう何度も思うが、なぜか踏ん切りがつかない。

「訳が分かんないっす、自分のことが……」

そう呟《つぶや》いた時、背後から足音が聞こえた。

「お？　サラ、お前がリリィを倒したのか？」

ジビアだった。

倒れ伏すリリィを見つめ、意外そうにしている。

「あ、いえ」サラは首を振って否定した。「リリィ先輩は、どうやら自滅したらしく」

「なんだよ、それ。リリィらしいな」

「まったくっすよね」

二人は屈託なく笑い合った。

幸い、ジビアに敵意はないようだ。バトルにはならない。彼女もまた誰かのために参戦し、そして相方が敗れてしまったのだろう。

ジビアは窓に背をつけ、快活な笑みを見せてきた。

「なんつぅか、生き残っちまったな、あたしら」

「そうっすね……」

戦いには消極的な自分たちが生き残ったなんて、なんとも皮肉な話だった。

サラもまたジビアの隣で、壁に背をつける。それからジビアの顔を窺《うかが》った。

ジビアは何かを思案するように、天井を見上げている。高く昇っている太陽が、彼女の姿に影を落としていた。

二人ともしばらく何も言葉を発しなかった。

ただこの場に漂う空気を確かめるような、沈黙が続いた。

先ほどまで響いていた物音が嘘《うそ》のように、屋敷《やしき》は静まり返っている。

「あっ、あの！」

先に沈黙を破ったのは、サラだった。

「一緒に『降参』しませんか？　《花嫁》はやっぱりグレーテ先輩が相応《ふさわ》しいっすよ」

ジビアの存在が、サラの逡巡《しゅんじゅん》を終わらせた。

彼女ならば肯定してくれる、という期待があった。

「……そうだな」ジビアは天井を見つめたまま、頷いた。「多分、それが一番なんだよな」

「は、はい。きっとそうっす」

「でも、それでいいのか？」

「え……」

「サラ、お前も迷ってんだろ？　その迷いは無視していいのか？」

心の柔らかな部分を突くような質問に、サラは咄嗟《とっさ》に顔を伏せた。

自分は――。

「あ、あの」絞り出すように声を出した。「ジビア先輩はどうっすか？」

「さぁ、分かんねぇ」ジビアは自嘲するように笑った。「ただな、さっき本気のグレーテと戦って、すげぇな、と思ったよ」

「すごい……？　技術が、ってことがっすか？」

「それもあるけど、単純にカッコいいなって話。自分の恋心を恥じることなく、打ち明けて勇ましく立ち向かって――もちろん、内にはいろいろ隠し事もあるんだろうけど」

ジビアは、サラの肩に手をのせた。

「もっと、あたしらも素直になっていいのかもな」

「……っ」

「ま、あたしだって自分の気持ちはよく分かんねぇけど」

ジビアはサラの肩を数度、叩《たた》いた。

「無理強いはしない。先に恥をかいておくから、あたしの雄姿をご覧《ろう》じろ」

手を振って、ジビアは廊下を進んでいった。

やがてジビアは口にする。

「あたしはグレーテと戦う――《花嫁》として、堂々とな」

その背中をサラは呆然《ぼうぜん》と見送った。「降参」という言葉は自然と口から漏れていた。

【開始三十五分――『草原』のサラ、脱落】

◇◇◇

ジビアは最終決着の場を中庭に選んだ。

残る敵はグレーテのみ。先に移動して、彼女が来るのを待ち受ける。いくらなんでも無策でグレーテが用意する場所に飛び込むのは愚かすぎる。

他の脱落した少女たちも中庭に集まり、決着を見届けようとしている。

高ぶる鼓動を感じながら、ジビアは自身が《花嫁》になった経緯を思い出す。

ジビアが、クラウスとの結婚を承諾した理由は一つだ。

――まだグレーテがクラウスに恋心を抱く前だった。後は成り行きだ。

貧民街のスリ師騒動があった夜、ジビアはリリィの息の根を止めるために暴れていたが、その途中でクラウスに「あぁ、そうだ」と呼び止められた。リリィがクラウスの部屋から逃げ出したタイミングだった。

「ジビア、僕と結婚してくれないか？」

「は、はああああああぁぁっ？　バ、バッカじゃねえのっ？」

訳が分からぬ一言に混乱したが、説明を聞けばなんてことはない。任務の都合で、書類上の妻が必要ということだった。これまでクラウスは別の人間を妻としていたらしいが（おそらく『焔』の誰かだろう）、都合により新たな女性が必要らしい。

「い、いや……」

形式上と理解していても、ジビアの顔は熱くなる。

一方、クラウスの表情はまったく変わらない。クールそのものだ。

「もちろん、抵抗があるなら断っても構わない。別の奴に頼むよ」

「お、おう。そ、そうだよ。なんであたしなんだ？」

「とても失礼な表現になるが、あまり選択肢がなかった。外見が幼すぎるのは、さすがに僕の妻としては不向きだ。エルナ、サラ、アネットは難しい。ミスが多いリリィには不安が残る。グレーテには、避けられているように感じるからな。不向きだろう」

「ふぅん、ティアは？」

「僕の気が進まない」

「本人が聞いたら泣くぞ？」

「嫌いではないが、アイツが妻というのは妙な生々しさがあるからな。だから、モニカかお前のどちらかだ。断られたらモニカに頼むつもりだ」

彼の口調からは、特別な想いは感じ取れなかった。

プロフェッショナルに徹している。その姿勢で頼まれると、逃げ出すことも憚《はばか》られた。

これからは自分もスパイの世界に身を投じるのだ。偽装結婚ごときで狼狽《うろた》えるものか。

ジビアは「まぁ、いいけどよ」と了承した。

「あ、でも他の仲間には秘密にしてくれるか？　茶化されたら、ハズいからよ」

「わかった。秘密にしておこう」

「おぅ、頼むぜ。絶対、リリィにからかわれるよ」

「そうだな……だが、まずバレないだろう。アイツらには僕の戸籍を調べる理由がない。僕との婚姻届を偽造して役所に提出する奴《やつ》がいれば、話は別だが」

「いるわけねぇだろ。そんなクレイジーなやつ」

「なぜか僕の直感がその予感を抱いただけだが……そうだな、さすがに気のせいだろう」

「あははっ、アンタも冗談とか言うんだな」

――この会話の三日後にグレーテはクラウスに惚《ほ》れ、二か月後に婚姻届を偽造する。

《花嫁》騒動が引き起こった時、ジビアが真っ先に抱いたのは、グレーテに対する気まずさだった。彼女の恋心を知っているにも拘《かかわ》らず、それを明かさなかった事実に申し訳なさがあった。ずっと明かそうと思っていたが、タイミングが分からなかったのだ。

だから、《花嫁》の議論が迷走する頃に、ジビアは誘導した。

――誰が《花嫁》でもいいんじゃねぇか？　だったら新しく決めてしまえばいい、と。

予想通り、リリィが乗っかった。

ジビアはほっと胸を撫《な》で下ろした。


ロワイヤル前日の夜、ジビアはクラウスの部屋を訪れた。

ジビアが部屋に入ると、クラウスはそれを待っていたように開口一番に告げてきた。

「悪かったな」

机に向き合っていた彼は書類から顔を上げ、視線をジビアに送ってきた。

「まさか、お前との結婚がこんなトラブルを引き起こすとはな。予想外だった」

「いや、仕方ねぇ。グレーテの暴走は誰も読めねぇよ」

ジビアは苦笑しながら、クラウスの机の前にある椅子に腰をかけた。

「先に伝えておく――あたしは《花嫁》を辞退する予定だ」

「そうか」

「ティアのために参加すっけど、あたし自身が優勝する気はねぇ。構わねぇよな？」

それが、ジビアの出した結論だった。

少なくとも、自分が優勝を狙う理由はどこにもない。

「ま、一度だけなんだけどな？　アンタの奥さん役になったのは」

「そうだな。たった一夜限りだ」

不可能任務の直前、社交パーティーに参加する任務があった。リリィが突き止めた、美食家主催の晩餐会《ばんさんかい》である。裏では政治家と帝国のスパイが密会を行っていた。

妻帯者でないと警戒されると予想したクラウスは、ジビアを連れて会場に潜入した。その間、ジビアはオーケストラの生演奏を聞きながら、豪華なローストビーフに舌鼓《したつづみ》を打っていただけ。それだけの任務だ。

懐《なつ》かしく振り返っていると、クラウスから「ジビア」と声をかけられた。

ん、と目を向けると、彼は机から何か取り出している。

「形式上の、実態のない結婚だったとはいえ、お前は僕の妻だった訳だ。だが、僕は贈り物の一つもしていなかったことに気づいてな」

クラウスは赤い包装紙の小箱を差し出してきた。

「お礼だ。僕と結婚してくれて、ありがとう」

その場で開封すると、小さな砂糖菓子が入っていた。瓶に入れられた、カラフルな菓子がまるで星のように輝いている。

「……おぅ、サンキュ」とジビアは頷《うなず》き、彼女はクラウスの元から去った。

思えば、その時点でジビアは何かを抱いていたのだ。

自分でもどう表現していいのか分からない――心に穴が開いたような感情を。

◇◇◇

戦いは終わりを迎えようとしていた。

ジビアが待ち受ける庭に、やがてグレーテは現れた。クレマチスの花壇の横を、彼女は優雅な足取りで歩いてくる。彼女の靴が石畳《いしだたみ》を鳴らす音がよく響いた。

陽炎パレスの庭の中央には、円形のガーデンテーブルが置かれている。たまにメンバーの誰かが、ここでお茶と菓子を食べている。グレーテとジビアが二人でチーズケーキを食べたこともあった。何を話したかは、もう二人とも覚えていない。

その円形テーブルを挟むようにして、ジビアとグレーテは立った。その周囲を囲むように、他の少女たちが固唾を呑《の》んで見守っている。

（まさか堂々と現れるとは思わなかったな）ジビアは考える。（正面からやり合えば不利だと、グレーテは分かりきっているはずだ。策があるんだろうな）

（――とジビアさんは考えているんでしょう）グレーテもまた思考を巡らせる。（格闘に関しては随一のセンスを持っていますからね。まともに戦えば敗北は必至ですね……）

二人は無言で見つめ合ったまま、思案する。

（このまま突っ込むか？　グレーテが反応できない速度で）

（――と考えて、飛び掛かられたら、わたくしの敗北は確実でしょう……）

（いや難しいな。あの態度を見れば、自信があるのは明らかだ）

（――と相手が勘違いするよう、余裕の表情を崩してはなりませんね）

（あー、訳分かんねぇ！　もう自分の感覚を信じて突撃するか？）

（――と相手が思考停止する場合でも、わたくしは負ける可能性が高い……）

ジビアの身体能力とグレーテの頭脳が、ぶつかり合おうとしていた。

状況だけを考えれば、ジビアが圧倒的に有利な状況。たとえ右手を使えずとも、グレーテを制するには十分。しかし、それを覆《くつがえ》すのがグレーテの頭脳。

互いが互いを探り合う時間がしばし流れた。

「なんか緊張するよな」

その張り詰めた空気でジビアが笑みをこぼした。

「正直、こんな対戦カードになるなんて思ってもみなかったぜ」

「……やはりジビアさんも《花嫁》にこだわりがあるのですね」

グレーテは静かな瞳を向けてきた。

「つかぬことをお伺いしてもよろしいですか……？」

「いいよ。何が聞きたいのかは、なんとなく分かる」

「ジビアさんが《花嫁》なのですか……？」

「そうだよ」ジビアは頷いた。「あたしが今の《花嫁》だ。アイツと結婚してる」

周囲から動揺の声があがった。

グレーテだけが分かっていたように頷いた。

「……やはりジビアさんも、ボスに想《おも》いを寄せているのですね」

「え？　いやいや、そんな風に括《くく》るな！　括るな！」

顔を赤くしながら、ジビアが手を振る。

「なんつーか、成り行きだよ。あのさ、グレーテ。少し話を聞いてくれないか？」

「……はい」

「あたしはお前の恋を応援している」

ジビアは、はにかんだ。

「それは嘘《うそ》じゃねぇ、マジ。で、あたしがあの男に惚れているかどうかって聞かれると、正直、微妙。多分、違う。けど人の感情だ。白と黒、一とゼロみたいに分けらんねぇよ。でも嫌いじゃないことは確かだ。アイツは強いし、尊敬してる。マイペースすぎるのはどうにかしろ、と思うけどな。それが本音だ」

「…………」

「《花嫁》は譲りたくない。成り行きでなっただけの立場だけど、やっぱり捨てるのは惜しいわ。アイツと出かけるのは、悔しいが心地いいよ。理不尽に感じるかもしんねぇけど、それはお前の恋を応援する立場とは矛盾しねぇと思ってる」

胸に抱えたものを一気に吐き出すように、ジビアは言い切った。

他の少女からも茶化すような発言は一切出てこなかった。それは、彼女たちのこれまでの振る舞いからすれば奇跡に近い現象だった。

「いえ、清々《すがすが》しい心地ですよ……ジビアさんの本音を聞けたことが」

グレーテは穏やかな笑みを浮かべた。

「ジビアさんも、ボスに『ベタ惚《ぼ》れ』という状態なのですね……」

「あたしの話、聞いてた？」

「冗談です……ジビアさんの優しさを疑ったことは一度もありません……」

グレーテは過去を懐かしむように、胸元に手を当てた。宝物を抱くような所作だ。

「《花嫁》の立場を譲ってもらおうなんて、思っていません。わたくしは皆さんの想いと真正面からぶつかりたいのです」

「そっか、お前らしいな」

「ただ、もちろん《花嫁》の座は欲《ほっ》しています。ワガママと言われようと、ボスの心に少しでも近づきたい……自分の人生を認めてくれた、あの方に」

グレーテはそっと手を広げた。

「……全身全霊でお相手します」

「おぅ。恨みっこなしでいこうぜ？」

わだかまりはなくなったと言わんばかりに、ジビアが拳を構えた。

グレーテもまた腰を落とし、迎撃の態勢を取る。

——そして、ジビアが地面を蹴った。

他の少女たちが呼吸を止める。

ジビアが悩んだ末に出した結論は、思考停止だった。読み合いではグレーテに勝てないと諦め、純粋な身体能力で戦い抜くことを決断する。そして、それはグレーテがもっとも警戒していた、ジビアの最適解だった。

だが、それもまた、決してグレーテの想定外ではない。

たとえ圧倒的に不利であろうと、勝機を捨てることはない。

最終決戦が庭で行われるとグレーテは読んでいた。

屋内の廊下はリリィの毒ガスが充満している。警戒した敵が庭に場所を移すのは、当然だ。己の身体能力を発揮したい者ならば、もっとも動き回れる空間があるテーブル付近。

相手を搦《から》め捕《と》るワイヤートラップは、とっくに用意してある。

グレーテは迷わず、それを起動させるが――。

「――っ！」

ジビアの速度が想定よりも速かった。迷いを断ち切り、更に速度があがったか。

グレーテは再計算して、対応する。二人の四方からワイヤーが射出される。

グレーテが放つワイヤーがジビアを縛り上げるのが先か――。

それとも、ジビアがグレーテの喉を突くのが先か――。

「降参だ」「……降参です」

答えは同時だった。

静観していた少女たちは、目の前の光景に唖然《あぜん》とする。

ワイヤーがジビアの首を縛り上げ、ジビアの爪がグレーテの頸動脈《けいどうみゃく》に触れていた。実戦ならば、相手の命を奪っていただろう。両者はそれを認め、敗北を口にした。

「なんだよ、コレ」先に笑ったのはジビアだった。「こんだけやって勝者ゼロって」

「……お見事です」グレーテもまた微笑《ほほえ》んだ。「……速いですね、ジビアさんは」

「嬉《うれ》しくねぇよ。全部、お前の想定通りだろ」

「……ふふ、いえ、目にも留まらぬ一撃でしたよ」

ぶつかり合うような至近距離で二人は笑い合った。なぜだか、おかしくて仕方がなかった。やがて自然と身体《からだ》から力が抜け、地面に倒れて笑い合う。

【開始五十五分――『百鬼』のジビア、脱落】

【開始五十五分――『愛娘』のグレーテ、脱落】

周囲からは惜しみない拍手が送られた。

ティアが「凄《すご》かったわね、二人とも」と優しく声をかけ、サラが興奮した様子で「な、なんだか感動したっす」と口にしている。エルナが悔しそうに「の……もう一度やりたいの」と主張して、アネットが「俺様、姉貴たちを見直しましたっ」と笑っている。

倒れているジビアとグレーテに向かって、賞賛の言葉をかける少女たち。

その輪からモニカだけが離れて、つまらなそうにしている。

「いや、結局《花嫁》はどうすんのさ？　まさか再試合でも――」

モニカが呆《あき》れていた時だった。


「あれ？　もう終わっちゃったんですか？」

場にそぐわない明るい声が聞こえてきた。

少女全員が視線を移すと、リリィがポカンとした様子で立っていた。身体の後ろで手錠を嵌《は》められたまま、口を開けている。

「え……わたしが気を失っている間、なにがあったんです？」

「そういえば」とティアが呟《つぶや》いた。「誰か聞いた？　リリィの『降参』の宣言」

全員が首を横に振る。

そう、リリィは罠《わな》に嵌まって気絶しただけなので、『降参』と言っていない。

つまりリリィは脱落していないのだ。

「「「「「「……………………………………」」」」」」

少女たちは全てを察して、硬直する。

いくらなんでも不本意すぎる結末だった。

「え、えぇと」リリィが冷や汗を流す。「で、でしたら、も、もう一度――」

「優勝者が確定したようだな」

そこで一切の気配もなくクラウスが現れた。朝から姿を見せなかったが、どこかで防《ぼう》諜《ちょう》任務をこなしてきたのだろう。袖が微《かす》かに返り血で汚れていた。

彼はすべてを察したように頷《うなず》いた。

「まさか優勝がリリィとはな。素晴らしい。実は今から次の任務に向けて、下準備に取り掛かる必要があるんだ。リリィ、今すぐ婚姻届を出しに行くぞ」

クラウスがリリィの腕を捕まえて、引っ張っていく。

後に残される少女たちは、呆然《ぼうぜん》として彼らを見送る。

その後「なんだそれはあああああああああぁっ‼」という叫び声が響いた。

【花嫁ロワイヤル優勝者──『花園』のリリィ】

◇◇◇

少女全員から「いやいやいやいやいやいやいやいやいや」と猛抗議が噴出するが、クラウスはリリィを連れ出すことにした。ルール上は、彼女が優勝なのだから仕方がない。

リリィ自身も「え？　ええっ？　わたしですか？」と戸惑っているが、クラウスは無視した。すぐに離婚届と新たな婚姻届を提出し、戸籍を書き換えなければならない。

役所での手続きの間でも、リリィはまだ呆然としていた。時折「あぁ」だの「うぅ」だの呻《うめ》いて「この後、屋敷《やしき》に戻ったら絶対に怒られますよぉ」と肩を落としている。

帰り道でもリリィの態度は変わらなかった。

途中、近道のために公園を通り過ぎようとする。夕焼けに照らされる噴水が煌《きら》めき、周囲のカップルたちは歓声を上げている。しかし、リリィが見つめるのは足元ばかりだ。

足取りが重たいリリィに、クラウスは息を吐いた。

「一応、お前は《花嫁》になりたかったんだろう？　落胆する必要はないはずだ」

「わたしだって、さすがに空気くらい読みますよ！　仲間からドン引きされましたよ！」

「喜べ。実際は、豪華ディナーが食べられる任務なんてそうないがな」

「優勝した意味がないっ！」

リリィはクラウスに抗議の声をぶつけてくる。

黙殺していると、やがて彼女は話題を変えるように声をかけてきた。

「ねぇ、先生」

「なんだ？」

「先生は一体、誰が《花嫁》になってほしかったんですか？」

意図した訳ではないだろうが、ちょうど噴水の正面だった。空中を舞う水が霧状になり、リリィの髪をかすかに湿らせていた。

それも気にならないのか、リリィは更に質問を重ねてきた。

「いや、更に言えば、先生ってみんなのことをどう思っているんですか？」

「…………」

彼女がただの好奇心で尋ねているのではない、と分かった。

クラウスは足を止め、正直に伝えることにした。

「誠実な距離感で付き合いたいと考えているよ」

実直な本心だった。

「若い男女が多くの時間を共にすれば、色恋も生まれるだろう。だが、お前たちはまだ若い少女だ。その多感な心に教官の立場で付け込み、弄ぶような真似《まね》はしたくない」

クラウスは告げた。

「僕はお前たちの誰とも恋をしない――ただ、幸福になってほしいと強く願っている」

それが彼の根底にある考えだ。

もちろん距離感に苦悩することは常にある。グレーテに気を持たせる素振りをしただろうか、と不安になり、ティアからの性的な誘いに辟易《へきえき》することもある。少女たちの身を案じ、相談に乗ってやる時は、彼女たちの心にどこまで踏み入っていいか考える。

しかし立ち返るべきは一つだ。

自分は彼女たちの教師となったのだ――彼女たちを導くのが、自分の仕事だ。

だから彼は「安心しろ、リリィ」と声をかける。

「ん？」

「任務はしばらく僕一人でこなす。もしお前たちが人並みの恋愛を経験したいのなら、外に出るのもいいだろう。もちろん訓練にも取り組んでほしいがな」

「え……？」

「お前たちは、青春を謳歌《おうか》する権利があるんだ。それを手放すな」

「…………」

クラウスは、彼女たちが夢中で《花嫁》探しをする現場を目撃している。訓練と任務ばかりを押し付けていた自身に反省した。彼女たちにはもっと多くの余裕を与えるべきだ。

「先生」

すると、リリィが首を横に振った。

「それは違いますよ」

「違う？」

「実は、ずっと気になっていました。この前の発言。年相応の青春を謳歌しろって」

クラウスも思い出した。少女たちに《花嫁》のことで詰め寄られた時、彼は口にしたのだ。

――年相応の青春を謳歌するのもいい。ここ二か月、そんな時間もなかったはずだ。

「ありましたよ、全て」

リリィはポケットからボイスレコーダーを取り出した。

「《花嫁》探しの際、みんなが喋《しゃべ》った話をこっそり録音しました。差し上げます」

「……」

「聞いてくれれば、分かりますよ。わたしたちがすっごく欲張りで、何も手放したりなんかしなかったことを。命懸けの任務の最中でも、騒いで迷って恋をして、友情との間で苦悩する日々はありました」

リリィは告げる。

「先生は甘すぎます。先生はもう十分すぎる青春を、わたしたちにくれている」

◇◇◇

同時刻、夕日が差す陽炎パレスにて——。

食堂では、ジビアがグレーテとティアに挟まれて、怒鳴り声をあげている。

「だからぁ！　何度も言ってんだろ！　別に恋じゃねぇ！　ただ、アイツと一緒にいるのも、それはそれで、楽しいなってだけで——」

「……いえ、ボスの素晴らしさを共感できるだけで、わたくしは嬉しいのです」

「安心して、男性の口説き方を教えてあげるわ。グレーテと一緒に鍛えてあげる」

「間違ってもお前には頼まねぇよ！」

一階の廊下では、スキップするアネットを、サラがオロオロしながら追いかけている。

「あ、あのっ、アネット先輩。結局、自分をチームに誘った理由って……」

「俺様、秘密ですっ」

「うぅ……そこをなんとか教えてほしいっす」

「俺様、お口にチャックしますっ。鈍い姉貴にはまだ言いませんっ」


中庭では、不機嫌そうに読書をするモニカに、エルナが勇気をだして声をかけている。

「モ、モニカお姉ちゃんっ」

「なに？　キミがボクに話しかけるなんて珍しいじゃん」

「も、もしよかったら、その、エルナの相談にのってほしいの。恋愛の……」

「……サラやグレーテじゃダメなの？」

「の。た、多分やめた方がいい気がするの」

「……あぁ、そう。でも、ボクも無理だよ。ティアに頼んだら？」

「それは一番危険な気がするの！」

少女たちの想《おも》いは、優しく交差し合う。

彼女たちは何も失わない。

◇◇◇

「任務に連れて行ってくださいね」

公園の噴水の前で、リリィは念を押すように言った。

「もっと大人扱いしてください。スパイとしても、一人の女性としても」

リリィの澄んだ瞳はまっすぐクラウスを捉えていた。

クラウスは小さく息を吸い込んだ。肩をわずかに上げる。視界の端で輝く水飛沫《みずしぶき》が唇に当たった。僅かに視線を上げれば、白い月と金星が暮れなずむ空に見えた。再び視線を下げ、リリィの元に戻す。彼女は瞬《まばた》き一つしていなかった。

告げられた言葉を心の中で繰り返す。もっと大人扱いしてください、と。

――この一週間後、クラウスは上層部から暗殺者『屍』捕縛の任務を言いわたされ、彼は悩み抜いた末に、少女たちを任務に参加させる決断を下す。また、アプローチが過激となったグレーテに迫られ、その恋心と正面から向き合うことになる。

——これらの事実に、リリィの言葉がいかなる影響を与えたのかは誰にも分からない。


クラウスは軽く目を細め、そして「——極上だ」と言葉を紡《つむ》いだ。

「む、なんですか?」リリィが頬を膨らませる。「しっかり返答をくださいよ! 十年に一度の真面目の激レア、リリィちゃんだったんですよぉ?」

「大人扱いされたいなら僕に勝ってから言え」

「難易度が高いっ⁉」

「まぁ、とりあえず考えるべきは晩御飯だろう。たまには僕が振る舞うよ。何がいい?」

「えっ⁉ わたしはステーキがいいです!」

「変わり身が早くて助かる」

「にーくっ! にーくっ! にーくっ!」

「だから、その変なコールを気に入るな」

彼らはしばらく賑《にぎ》やかに言葉をぶつけあって、公園を進む。

それは記されることのない彼らの記録だ。

# あとがき

お久しぶりです、竹町《たけまち》です。

ドラマガ連載小説4本に加筆・修正しまくり、書き下ろし1本プラス諸々《もろもろ》を加えた短編集です。

時系列的に言えば、一巻から二巻冒頭までの物語。一巻では描かれなかった少女も多いので、これを合わせて、生物兵器奪還任務の完全版だと思っていただければ。

この短編集の別タイトルは、『スパイ教室・ラブコメ篇《へん》その①』です。

スパイ教室の本編は、300P強の中に物語をぎゅうぎゅう詰め込む方針なので、少女たちの日常や恋心があまり描けない、という悩みがありました。「先生にラブレターを送ろう！」より「先生の部屋に爆竹、投げ込もうぜ！」の方が百倍似合っている彼女たち。今後、本編でも多くは割けそうにないですし、短編で描けてスッキリしています。

『『灯《ともしび》』の少女ってクラウスのこと、どう思ってんのー？』という疑問を念頭に置きつつ、紡いだ5つの短編です。（モニカはいつも通りなんですが、モニカだし）

もちろん、世に溢《あふ》れるラブコメに比べれば、ラブ要素は薄いですが、それでも本編よりは彼女たちの心に迫る話だったと思います。

以上、サラ、ジビア、モニカ、グレーテを中心とした短編集でした。

（ついでに解説。読者の99パーセントの方が忘れていると思いますので、言及しておきますと、caseモニカで出てくるイヴという女性は、本編一巻四章でも登場しています。一番印象的なセリフは「あぺ」）

続いて、謝辞です。本編に引き続き、素晴らしいイラストを描いてくださったトマリ先生。本編とはまた違った可愛《かわい》さをもった少女たちを描いていただき、ありがとうございました。いつも上がってくるイラストを楽しみにしております。

最後に次回予告？　もし短編集その②が出せるなら、次はアネット、ティア、エルナ、リリィが中心と思われます。その①より一層、ラブコメが似合いそうにない連中が並んでいますね。そもそも短編集は出せる……よね？　多分。

では、では。

竹町

お便りはこちらまで

〒一〇二―八一七七
ファンタジア文庫編集部気付
竹町（様）宛
トマリ（様）宛

富士見ファンタジア文庫

スパイ教室《きょうしつ》短編集《たんぺんしゅう》01
花嫁《はなよめ》ロワイヤル

令和3年3月20日　初版発行
令和4年12月10日　5版発行

著者——竹町《たけまち》

発行者——山下直久
発　行——株式会社KADOKAWA
〒102-8177
東京都千代田区富士見2-13-3
0570-002-301（ナビダイヤル）
印刷所——株式会社KADOKAWA
製本所——株式会社KADOKAWA



※定価はカバーに表示してあります。
●お問い合わせ
https://www.kadokawa.co.jp/（「お問い合わせ」へお進みください）
※内容によっては、お答えできない場合があります。
※サポートは日本国内のみとさせていただきます。
※Japanese text only

ISBN978-4-04-074066-9 C0193 ◆◇◇

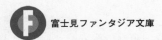